배신 기사의 유쾌한 신의 3

초판 1쇄 발행 2023년 7월 20일

지은이 ㅣ 가언
발행인 ㅣ 최원영
편집장 ㅣ 이호준
편집 ㅣ 유석희 송영규 강진경
편집디자인 ㅣ 한방울
영업 ㅣ 김민원

펴낸곳 ㅣ ㈜ 디앤씨미디어
등록 ㅣ 2002년 4월 25일 제20-260호
주소 ㅣ 서울시 구로구 디지털로 26길 111 JnK디지털타워 503호
전화 ㅣ 02-333-2513(대표)
팩시밀리 ㅣ 02-333-2514
E-mail ㅣ seed_dnc@dncmedia.co.kr
블로그 ㅣ blog.naver.com/gnpdl7

ISBN 979-11-6145-512-9 04810
ISBN 979-11-6145-506-8 (SET)

※ 저자와 협의하여 인지는 붙이지 않습니다.
※ 이 책은 ㈜디앤씨미디어(시드북스)가 저작권자와의 계약에 따라 발행한 것으로 본사와 저자의 허락 없이는 어떠한 형태나 수단으로도 내용을 이용할 수 없습니다.

배신기사의 유쾌한 신의

가언 판타지 장편소설

SEEDBOOKS FANTASY NOVEL

1장. 죽는 건 너뿐이야 · 7

2장. 더럽게 말 안 듣는 견습 기사 · 83

3장. 더럽게 말 안 듣는 아들 · 131

4장. 진지한 건 성미에 안 맞는 사람 · 203

5장. 어디 한번 말해 봐라 · 251

1장. 죽는 건 너뿐이야

죽는 건 너뿐이야

 단장 세 명이 한꺼번에 휴가를 신청하는 이상한 상황에도 칸타레스는 아주 흔쾌히 승인해 주었다.
 평소라면 황궁을 지켜야 할 중요 인사들이 함부로 자리를 이탈한다며 쓴소리도 몇 번 나올 만도 했지만, 이번에는 그런 일도 없었다.
 이야기는 어느새 협박범이 노이만 상단을 노리는 것에서 황실 기사단을 향해 도전장을 내밀었다는 이야기로까지 번져 있었다.
 게다가 소문을 들은 기사들까지 저마다 자신이 함께 가겠다며 자원해 대니 단장들은 이래저래 기가 막힐 수밖에 없었다.
 하지만 별수 있나. 장단을 맞춰 주는 수밖에.

침입자가 올지도 모른다.

그런 애매한 불안감이 협박장을 통해 눈에 보이는 위협이 되어 버렸다.

무슨 일이 생길 것이 기정사실화되어 버린 셈이니 이렇게 되면 적극적으로 움직이지 않는 쪽이 더 이상했다.

그러니 사람들이 비공식적으로 출정하는 기사들을 향해 응원을 보내는 것도 당연한 일이었다.

정작 이 모든 상황을 꾸며 낸 아렌트는 아무것도 모르는 척 뒤로 물러서 있을 뿐이었다.

그리고 마침내 당일.

다 같이 이 기막힌 휴가를 떠나기로 한 기사들이 마구간에 모였다.

라이오스와 아렌트 옆에는 당연하다는 듯 아서와 리히트가 따라왔고, 켄드릭과 다이아나 역시 저마다 부하 한 명씩을 대동했다.

"오랜만에 보는군, 헬렌 경."

"오랜만에 뵙습니다, 켄드릭 단장님. 그리고 라이오스 단장님."

다이아나 곁에 서 있던 붉은 머리칼의 기사가 단정히 경례를 올렸다.

짧게 친 머리칼은 귀 언저리에서 흔들렸고, 일자로 다문 입에서는 고집스러운 우직함이 엿보였다. 리히트나 라이오스처럼 기사라는 단어를 고스란히 빼다 박은 것 같은 사람이었다.

'헬렌 드 라테스⋯⋯ 였던가.'

다이아나의 오른팔과도 같은 기사. 소설에서도 몇 차례 등장한 적 있는 사람이었다.

잠깐 상념에 빠졌던 아렌트는 어느새 그녀의 시선이 자신에게 향했다는 것을 깨닫고 고개를 들었다.

헬렌의 초록색 눈동자는 명백한 적의를 담아내고 있었다.

아렌트는 삐딱하게 물었다.

"왜 노려보십니까? 제 얼굴에 뭐라도 묻었습니까?"

"⋯⋯?!"

"⋯⋯죄송합니다. 원래 이런 자식이니까 그냥 무시하십시오."

황당하게 쳐다보는 헬렌에게 리히트가 대신 사과했다. 하지만 호의적이지 못한 시선을 보내는 것은 그녀만이 아니었다.

켄드릭 곁에 있는 듯 없는 듯 가만히 서 있던 젊은 기사가 조심스럽게 입을 열었다. 켄드릭의 부하답지 않게 차분한 어조였다.

"이해해 주시기 바랍니다. 저희로서는 아직 아렌트 폰 에크하르트 경을 동료로 받아들이기에는 조금 껄끄러울 수밖에 없으니까요."

"하하하. 그렇다는군, 아렌트 경. 자네가 이해하게. 자네가 저지른 업보 때문에 생긴 일이니까."

켄드릭이 껄껄 웃음을 터뜨렸다.

평균보다 마른 체형인 듯한 기사는 거구인 켄드릭 곁에 서 있으니 더욱 작아 보였다.

기억을 더듬던 아렌트는 그의 이름 역시 기억해 냈다.

벤자민 파르비즈. 제1기사단의 막내 기사였다.

'어쩐지 어려 보이더라니.'

아서보다는 나이가 조금 많다고 하지만 기껏 해 봤자 한두 살 정도밖에 차이가 안 날 듯했다.

아렌트는 벤자민을 힐끗 곁눈질하고는 몸을 샥 돌려 켄드릭을 마주 보았다.

"이제 출발하면 됩니까?"

"……!"

이번에는 벤자민의 얼굴이 일그러졌다.

그러자 켄드릭이 순수한 감탄사를 터뜨렸다.

"자네는 정말 어떻게 하면 사람을 열받게 만들 수 있는지 잘 아는 것 같아."

"칭찬 감사합니다."

아렌트가 담백하게 대꾸하자 벤자민과 헬렌은 더욱 황당함을 금치 못했다.

켄드릭은 두 사람의 어깨를 짚고 마구간 안쪽으로 떠밀었다.

"자, 자. 신경 쓰지 않는 게 자네들 신상에 이로울 거야. 말 섞으면 괜히 골치만 아파지거든."

"하지만 단장님……!"

벤자민이 뭐라 항변하려 했지만 되레 속수무책으로 켄드릭에게 질질 끌려갔다. 다이아나가 고개를 절레절레 내저으며 그들의 뒤를 따랐다.

그 견습 기사한테 온 황궁이 놀아나고 있다는 걸 알면 충격이 얼마나 클지. 심지어 그들이 존경해 마지않는 단장들마저 처지가 다르지 않다는 점이 참 유감스러웠다.

출발부터 삐그덕 대긴 했지만 어쨌든 여정은 순조로웠다.

아렌트는 가장 뒤에서 느긋하게 말을 몰며 앞서가는 기사들을 물끄러미 응시했다.

헬렌과 벤자민이라.

소설에서도 두 사람은 딱히 접점도 없고 크게 비중 있는 캐릭터도 아니었다. 그런데도 저 두 사람을 한 쌍으로 묶어 떠올릴 수밖에 없는 이유는.

'같은 장소에서 사망했지.'

내전이 한창 이어지던 중, 골렘과 구울에게 포위당한 민간인을 구하다가 전사했다.

'이런 꿈도 희망도 없는 망작 같으니.'

빈센트가 엮인 일에 두 사람이 나타난 것도 우연은 아닐 것이다. 아마 소설 속의 안배를 따른 거겠지.

원래 저 둘이 죽는 건 한참이나 지난 뒤의 일이었다.

하지만 이미 흐름이 바뀌기 시작했으니 저 둘의 명운도 어떻게 될지 알 수 없었다.

'쓸데없는 사망 플래그는 치워 두는 게 최선이지.'

정말 만에 하나의 가능성이었지만, 아무래도 주시해야 할 필요가 있어 보였다.

* * *

황궁을 벗어난 일행은 쉬지 않고 말을 몰아, 해 질 녘 무렵 목적지에 다다를 수 있었다.

경매가 열릴 저택에 도착하자마자 일사불란하게 달려온 시종들이 기사들의 말을 건네받고 얼마 지나지 않아 노이만 상단주가 안쪽에서 달려 나왔다.

"이곳에서 뵙게 되니 더욱 반갑습니다. 먼 길 오시느라 고생 많으셨습니다. 거리가 제법 되는데 이럴 줄 알았으면 황궁으로 마차를 보내 드릴 걸 그랬습니다."

"괜찮습니다. 말을 타고 오는 쪽이 훨씬 빠르니까요. 황궁을 오래 비울 수도 없는 노릇이고."

앞으로 나선 켄드릭이 친근히 웃으며 노이만과 악수를 나눴다. 라이오스와 다이아나에게도 눈으로 인사를 건넨 노이만은 일행을 안쪽으로 이끌었다.

"홀 쪽으로 바로 가시면 됩니다. 간단한 다과회 중이니 느긋하게 즐겨 주십시오. 안쪽에서 초대장을 보여 주시면 바로 들어가실 수 있습니다."

"고생이 많습니다."

툭툭, 노이만의 어깨를 두드려 준 켄드릭이 한발 먼저 저택 안으로 들어갔다. 자연스럽게 그 뒤를 따르려던 아렌트는 갑자기 제 옷깃을 꾹 잡아채는 손길에 고개를 돌렸다.

노이만이 빙그레 미소 지으며 아무에게도 들리지 않게 속삭였다.

"아렌트 경, 성격 나쁘다는 말씀 종종 듣지 않으십니까? 기절하는 줄 알았습니다."

"그런 제가 마음에 드시는 거 아닙니까?"

담백하게 대꾸한 아렌트는 노이만을 내버려 두고 쌩하니 안으로 들어가 버렸다.

뒤에서 노이만이 헛웃음을 띠고 이쪽을 바라보는 시선이 느껴졌다.

'엄살은.'

그 누구보다도 기다렸다는 듯이 반응했으면서.

아렌트는 남몰래 피식 웃음을 흘렸다.

* * *

간단한 신분 검사가 끝난 뒤, 기사들은 다과회가 진행 중인 2층으로 안내받았다.

영주가 가끔 특별한 날에나 사용하는 이 저택은 연회나 모임을 열기 좋게 개조된 건물이었다. 2층 전체가 연회 홀로 꾸며졌고, 1층은 손님용 객실 몇 개가 있었다.

이곳은 황성과는 또 다른 느낌으로 별세계였다. 반짝반짝한 대리석 바닥은 광이 날 정도로 깨끗했고, 카펫은 새로 깐 것처럼 보였다.

홀 안으로 들어서자마자 느긋한 음악 소리가 들려왔다.

내부에는 벌써 꽤 많은 이들이 샴페인과 다과를 즐기고 있었다.

주변을 슬쩍 둘러보던 아렌트는 홀 가운데에 마련된 단상과 그 위에 올라간 장식장 하나를 발견했다. 붉은 벨벳으로 가려진 장식장 사방을 번듯하게 차려입은 용병 넷이 지키고 있었다.

벤자민이 걱정스럽게 입을 열었다.

"너무 눈에 띄게 둔 거 아닙니까? 아주 대놓고 훔치겠다고 나선 녀석도 있는데."

"숨겨 봤자 소용없다고 생각하신 것 아닐까요? 차라리 사람이 모인 곳에 두는 쪽이 안전할지도 모릅니다."

헬렌의 차분한 대답이 이어졌다. 두 사람은 날 선 눈으로 사람들을 훑어보았다.

그때 아렌트의 퉁명스러운 목소리가 불쑥 튀어나왔다.

"눈에 힘 좀 풀어요. 그러다 생사람 먼저 잡겠네."

"예?"

헬렌이 순간 상황도 잊고 황당하게 되물었다. 시큰둥한 눈으로 그녀를 힐끗 곁눈질한 아렌트가 사람들 쪽으로 고갯짓했다.

"댁들 때문에 다들 움츠러들었잖아요."

그의 말은 틀린 게 아니었다. 다들 태연한 척 대화에 열중하고 있지만, 긴장 어린 눈초리들이 이쪽을 향해 힐끗힐끗 오가는 게 느껴졌다.

위험을 감수하고 모여든 이들이었지만, 기사들이 날을 세우고 자신들 쪽을 노려보니 슬슬 불안해지는 모양이었다.

짧게 헛기침한 벤자민이 목소리를 낮춰 진지하게 충고했다.

"하지만 긴장을 풀 수는 없습니다, 아렌트 경. 우리는 놀러 온 게 아니니까요."

"누가 긴장을 풀라고 말씀드렸습니까? 단지 티를 내지

말라는 겁니다. 눈알을 무섭게 부라린다고 나쁜 놈이 제 발 저려서 스스로 자수하는 일은 없으니까요."

하지만 아렌트는 평소처럼 심드렁하게 대꾸할 뿐이었다.

"보아하니 두 분은 저 사람들 사이에 협박장을 보낸 놈이 숨어 있을지도 모른다고 생각하시는 모양인데."

그건 너잖아, 이 자식아.

세 단장은 불쑥 그런 말이 튀어나오려는 것을 가까스로 참았다.

"생각해 보세요. 사냥꾼이 산짐승을 잡을 때 '우매한 짐승들아, 네놈들을 사냥하러 내가 왔다!'라고 고래고래 소리를 지르고 다닙니까? 숨죽이고 산에 녹아들어 기회를 노려야지."

"우리는 사냥꾼이 아닙니다."

"아, 예. 그러시겠죠. 그럼 기사답게 어깨 당당히 펴고 내가 여기에 있소, 하며 감시의 눈을 희번덕대세요."

비웃음을 당한 헬렌이 짜증스럽게 쏘아보자 아렌트가 피식 웃음을 터트리며 결정타를 날렸다.

"그러다가 뒤에서 살금살금 다가온 사냥감한테 뒤통수 깨지는 거지."

"지금 말 다 하셨습니까?"

"다 했습니다. 그럼 전 출출하니 과자라도 집어 먹으러

가겠습니다."

벤자민과 헬렌에게 손을 휘휘 흔들어 준 아렌트는 그대로 홀 안쪽을 향해 성큼성큼 걸어가 버렸다.

라이오스가 끙, 하고 앓는 소리를 냈다.

"미안하군. 저 녀석이 말버릇이 좀 나빠서."

"……아닙니다. 괜찮습니다."

한동안 입술을 달싹이던 헬렌이 간신히 그렇게 대답했다.

아렌트는 제 뒤통수를 무시무시하게 노려보는 두 사람의 시선을 의식하며 주머니에 손을 푹 찔러 넣었다.

어째 미움 사는 요령만 점점 느는 것 같다. 하지만 어쩔 수 없었다. 그게 바로 아렌트 폰 에크하르트인 것을.

"밖에서 들이닥치려나. 아니면 안?"

그래도 소설의 아렌트보다 조금 나은 것은 이렇게 슬그머니 다가와서 말을 걸어 주는 사람이 있다는 점이다.

어느새 가까이 다가온 아서가 작게 속삭이듯 묻는 말에 아렌트가 심드렁히 대꾸했다.

"글쎄요, 지금 논의하기엔 무의미할걸요."

아마 단신으로 왔을 테니 누군가로 변장해 사람들 틈바구니에 숨어 있을 가능성이 높겠지만, 놈이 부리는 골렘까지 염두에 둔다면 바깥에서부터 쳐들어올 확률도 무시할 수는 없었다.

어느 쪽이든 간과할 수 없으니 지금 단계에서는 예상하는 것조차 불가능했다. 아서 역시 납득한 듯 고개를 끄덕였다.

성큼성큼 다가온 리히트 또한 지나가듯 말을 꺼냈다.

"바깥은 치안대가 철통같이 경비하고, 내부 사람은 노이만 상단주님이 직접 신분을 확인하신다. 쉽게 침입할 수는 없을 텐데."

"그렇게 간단히 막을 수 있는 놈이면 그 개고생도 안 했겠죠. 게다가 신분을 위조하는 건 별로 어려운 일도 아니니까요."

이수현이 살던 세상처럼 지문을 하나하나 대조해 볼 수 있는 것도 아니고.

어쨌든 동원할 수 있는 인력은 모두 끌어다가 무대 위에 세워 뒀다.

어쩌면 재앙을 막기에는 조금 부족할지도 모르지만.

'그건 배우의 역량에 달려 있지.'

원래 시나리오를 따라가면 현장의 모두가 몰살당해 지옥도가 펼쳐질 장소였다. 그렇기에 사망자는 악역뿐인, 확실한 권선징악 스토리를 끌어내야만 했다.

은은한 음악이 흐르는 홀을 물끄러미 바라보는 아렌트의 눈이 살짝 가라앉았다가 이내 원래의 무심한 빛으로 돌아왔다.

* * *

 기사들의 등장으로 잠깐 얼어붙었던 홀은 얼마 지나지 않아 다시 활기를 띠었다.
 아서는 눈동자를 데굴, 굴려 홀을 살폈다.
 아직까지 별다른 점은 없어 보였다.
 단장들은 어느새 사람들과 섞여 가볍게 환담을 나누는 중이었고, 함께 온 벤자민과 헬렌은 경호라도 하듯 그 뒤에 바짝 붙어 서 있었다.
 아까 아렌트가 했던 말 때문인지 어깨에는 힘을 조금 뺀 것 같았지만 아직 완전히 긴장을 풀지는 못한 모습이었다.
 '사실 저게 정상이지.'
 옆에서 태연하게 쿠키를 냠냠대는 놈이 이상한 거고.
 아렌트는 과자를 입안에 쏙쏙 집어넣으며 무심한 눈으로 사람들을 응시하고 있었다. 무슨 생각을 하는지 도통 모를 심드렁한 낯짝으로.
 "……야, 뭐 하냐?"
 "사람 구경이요."
 결국 아서가 참지 못하고 던진 질문에 예상했던 것 이상으로 성의 없는 대답이 돌아왔다.

그런 와중에도 과자를 씹느라 우물우물 움직이는 뺨이 미치도록 얄미워 다시 한번 더 쏘아붙이려던 그는, 사람들을 훑는 아렌트의 눈빛을 보고는 멈칫했다.

평소와 크게 다를 것 없이 시큰둥한 표정이었지만 눈만은 날카롭게 반짝이고 있었다. 다른 사람은 알아보기 힘들겠지만 검을 몇 번이나 나눈 아서는 쉽게 눈치챌 수 있었다.

저건 상대방의 빈틈을 찾는 눈이었다.

결국 아서는 짧게 한숨을 내쉬며 어깨를 늘어뜨렸다.

"……구경이 아니라 관찰이라고 말해야 하는 거 아냐?"

"그게 그거죠."

부정은 또 아니었다.

아서는 아렌트가 보는 쪽을 향해 덩달아 시선을 옮겨 보았다.

딱히 별다를 것은 없었다. 재력가와 수집가, 그리고 귀족이 삼삼오오 모여 두런두런 잡담을 나누는 모습이 보일 뿐.

제각기 음식이나 술에 감탄하거나, 오늘 자리가 얼마나 훌륭한지 덕담을 늘어놓고…… 심각한 얼굴로 사업과 오늘의 주인공인 보석에 대해 의견을 나누는 사람도 있었다.

아서는 다시 아렌트 쪽으로 시선을 던졌다.

그에게 관심을 기울이는 사람은 아무도 없었다.

하긴 자신이라도 구석에 얌전히 찌그러져 과자나 먹는 견습 기사에게 신경 쓸 것 같지는 않았다. 저들이 중요하게 여기는 단장들은 저쪽에 있으니까.

아까 벤자민과 헬렌을 상대로 펼친 사냥꾼 이론을 몸소 실천해 내는 셈이었다.

아서가 슬그머니 다가가 물었다.

"저 틈에 섞여 있을지도 모른다고 생각하는 거냐?"

"뭐 그럴지도 모르고, 아닐지도 모르고. 일단은 봐 두는 거죠."

아렌트는 쿠키를 또 하나 더 입안에 넣고 우물댔다.

"본다고 뭘 알아?"

"말해 주면 알아요?"

"죽고 싶냐?"

"할 수 있음 해 보든가."

의미 없는 말다툼이 작게 오가는 사이 홀 안쪽이 조금 시끄러워졌다.

아서와 아렌트는 동시에 입을 다물고 고개를 들었다.

어느새 홀로 돌아온 노이만이 단상 위에 올라가 있었다. 헛기침하는 것으로 사람들의 시선을 모은 행사의 주최자는 푸근한 미소를 지었다.

"우선 불안한 상황에도 이리 참석해 주신 귀빈 여러분

께 감사의 말씀을 올립니다."

그의 목소리가 홀을 가득 채우자 소란스럽던 내부가 한순간에 조용해졌다.

"조촐하나마 정성 들여 준비했으니, 부디 오늘 이 자리를 편안하게 즐겨 주시길 바랍니다."

노이만 곁에는 긴장한 기색을 숨기지 못한 한 남자가 연신 눈동자를 데구루루 굴려 대고 있었다. 꼴을 보아하니 남들 앞에 나서는 것이 익숙지 못한 모양이었다.

"부디 자리를 편안하게 즐기시길 바라며, 오늘 이 자리를 마련해 주신 프란츠 크롬웰 남작님을 소개하겠습니다."

빙긋 미소 지으며 말을 마친 노이만이 슬쩍 뒤로 한 걸음 물러섰다. 덕분에 프란츠 크롬웰 남작은 단상의 가장 앞에 서 있는 모양새가 되어 버렸다.

짝짝짝, 한바탕 박수가 쏟아지자 크롬웰 남작의 얼굴이 조금 더 창백해졌지만, 애써 헛기침을 하고는 입을 열었다.

"노이만 상단주님의 배려로 자리를 마련할 수 있었음에 감사드립니다. 프란츠 크롬웰이라고 합니다."

남작은 보석이 판매되면 수익을 보육원에 기부할 예정이라는 둥, 불미스러운 일에도 관심을 가져 주셔서 몸 둘 바를 모르겠다는 둥 지루한 말을 이어 갔다.

아렌트는 또다시 과자 하나를 입안에 밀어 넣으며 남작을 가만히 주시했다.

'협박장 때문에 속도 좀 썩었을 테지.'

얼굴이 검게 죽은 꼴을 보니 조금, 아주 조금은 미안해지려고 했다.

긴장한 바람에 쓸데없이 장황해진 인사말을 마친 남작의 뒤를 이어 노이만이 다시 앞으로 나섰다.

"이미 오래 기다리셨을 테니 더 시간을 끄는 것은 실례가 되는 일이겠지요. 이 자리에 계신 모든 분들이 이 시간을 기대하셨으리라 생각합니다."

잠깐 뜸을 들이며 천천히 좌중을 둘러본 노이만이 힘 있게 선언했다.

"오늘의 경매품, 식지 않는 심장을 공개하겠습니다."

"오오……!"

"드디어!"

사람들이 술렁이기 시작했다. 기사들 역시 눈을 빛냈다.

상단주의 손이 장식장을 덮은 벨벳 천을 확 걷어 냈다. 그러자 드디어 소문의 보석이 모습을 드러냈다.

그 순간, 아서 역시 잠깐 상황을 잊고 넋을 놓을 수밖에 없었다.

검은 토르소 위에 장식된 것은 우아한 디자인의 목걸이였다.

정교하게 세공된 은목걸이 위에 세팅된 보석은 마치 피에 젖은 듯 선명한 붉은색을 띠었다.

 사람을 홀릴 것처럼 요사스러우면서도, 동시에 그저 티 없이 맑은 것 같기도 한 모습에 사람들이 탄성을 터뜨렸다.

 "몇 번을 봐도 정말 기막히군."

 "여기까지 온 시간이 전혀 아깝지 않아."

 웅성대는 사람들의 입가에 미소가 번졌다. 그 반응들에 노이만 역시 제법 뿌듯한 내색이었다.

 "상단에서 독자적으로 조사해 본 결과, 아주 유서 깊은 역사를 지닌 보석임이 확인되었습니다. 먼 이국땅의 왕실에서 처음 이름이 붙고, 결국 이 칼리온 제국까지 흘러 들었습니다."

 노이만의 목소리가 이어졌다.

 "이 보석은 자신에게 걸맞은 주인을 찾을 때까지 재앙을 부르며, 소유주의 손을 떠나 스스로 세상을 떠돈다고 하더군요."

 크롬웰 남작이 직접 겪었다는 불행들은 이 보석의 값어치를 더욱 높여 주기에 충분했다.

 참석자들의 눈에 흥미와 욕심이 동시에 깃들기 시작했다.

 하지만 기사들의 반응은 조금 달랐다. 멍하니 있던 아

서가 바로 옆에 있는 아렌트를 툭툭 치기 시작했다.

"야, 야, 야……!"

"나도 알고 있으니까 치지 마세요."

짜증스레 대꾸하면서도 아렌트 역시 보석에서 눈을 떼지 않았다.

리히트는 얼굴을 딱딱하게 굳혔고, 다이아나와 켄드릭은 입가에 묘한 곡선을 드리웠다.

보석이 시야에 들어온 순간, 그들 역시 느낀 것이다.

미심쩍은 마력의 파장을.

하지만 헬렌과 벤자민은 미처 이상함을 깨닫지 못한 눈치였다.

"듣던 대로 아름다운 보석이네요."

"사람들이 이렇게 모여들 만도 합니다."

두 사람이 속닥거리는 소리를 들은 다이아나가 농담처럼 내뱉었다.

"아무래도 너희는 훈련을 더 하는 것이 좋겠어."

"예?!"

미숙한 기사들이 눈을 휘둥그레 뜨는 것을 뒤로하고, 아렌트는 슬쩍 입꼬리를 휘었다.

'역시…… 저것도 아티팩트였군.'

소설에서는 손쓸 틈도 없이 빈센트 손에 들어가 버려서 존재조차 파악하지 못한 거였다.

"……회수하는 편이 좋겠군."

"제 생각도 같습니다."

리히트가 작게 읊조리는 말에 아서가 동의했다. 적이 습격하든 안 하든, 저런 물건이 바깥을 나돌아 다니게 돼선 안 된다는 것을 본능적으로 깨달은 것이다.

기사들은 차갑게 가라앉은 눈으로 단상을 쏘아보았다.

"귀하신 분들이 자리하신 만큼 조금 다른 방식으로 경매를 진행해 볼까 합니다."

그들의 생각을 알 리 없는 노이만이 계속해서 설명을 이어 갔다.

"현재 시간은 오후 8시입니다. 느긋하게 다과를 즐기시면서 지금부터 순번대로 제게 가격을 제시해 주십시오. 15분에 한 번씩 제시된 최고가를 고지하겠습니다."

귀족들의 품위를 지키면서 장내가 지나치게 소란스러워지는 것을 방지하는 방식이었다.

"오늘 밤 11시 반까지 가장 높은 가격을 제시해 주시는 분께 낙찰하도록 하겠습니다. 천오백 골드부터 시작하겠습니다."

그의 말이 끝나자마자 아까부터 보석을 눈여겨보던 자들이 노이만에게 구름처럼 몰려들었다.

켄드릭이 헛웃음을 터뜨렸다.

"저 애송이가 왜 우리를 끌어들이려 기를 썼는지, 조금 알 것 같군."

"정말 동감입니다."

차분하게 대꾸하며 다이아나는 아렌트 쪽을 힐끗 곁눈질했다.

우연인지 필연인지, 저놈이 움직이면 꼭 거물이 따라온다.

마치 앞을 내다보기라도 하는 것처럼.

정작 기사들을 이 자리에 끌어다 놓은 아렌트는 무슨 생각인지 모를 얼굴로 가만히 단상만 주시할 뿐이었다.

잠시 후, 아렌트가 아서와 리히트를 손짓해 가까이 불렀다. 뭐라 작게 소곤대는 말을 가만히 듣던 아서가 왈칵 인상을 구겼다.

몇 마디 더 아옹다옹하던 두 사람은 리히트의 중재로 잠깐 주춤하는 듯 보였다.

그리고 잠시 후, 아렌트가 주머니에 손을 푹 꽂아 넣고 슬그머니 홀을 빠져나가는 게 보였다.

"라이오스 경, 네 애송이 기사에게 뭔가 꿍꿍이가 있는 모양인데?"

"……."

다이아나가 장난스럽게 건넨 말에 라이오스는 걸음을 옮기는 아렌트의 뒷모습을 가만히 응시했다.

"내버려 둬도 괜찮나?"

"나름대로 생각이 있을 겁니다."

켄드릭의 은근한 물음에 라이오스가 덤덤히 대꾸했다. 하지만 그러면서도 그는 아렌트의 뒷모습이 완전히 사라질 때까지 쉽사리 눈을 떼지 못했다.

그가 사라지자 아서와 리히트가 단장들 옆으로 다가왔다.

"아렌트는 어디로 갔지?"

"그……."

라이오스가 지체 없이 묻자 아서가 곤혹스러운 얼굴로 뜸을 들였다.

"……화장실 간다고 했습니다."

"……."

"너무 많이 먹은 것 같다고…… 아까부터 계속 쉴 새 없이 뭔가를 처먹긴 했어요."

순간 켄드릭과 다이아나의 얼굴에 의아함이 그득 드리웠다. 벤자민과 헬렌까지 어리둥절한 낯을 했다가 이내 얼굴을 와락 구겼다.

"고작 그런 이유로 자리를 비운단 말입니까?"

"워낙 자유분방한 놈이라……."

싸가지 없기도 하고.

뒷말은 굳이 덧붙이지 않고 아서가 어색하게 웃었다.

한참 만에 켄드릭이 피식 웃음을 터뜨렸다.

"정말 모를 놈이라니까……."

"다른 말은 없었나?"

하지만 라이오스는 조금 생각이 다른 모양이었다.

묵묵히 있던 리히트가 입을 열었다.

"자리를 뜨는 건 자기 혼자면 충분하니, 어지간하면 홀을 벗어나지 말라고 했습니다."

"그게 무슨 뜻이지?"

"글쎄요, 저희도 잘 모르겠습니다만."

다이아나의 물음에 리히트가 살짝 말끝을 흐렸다. 그때 하인의 커다란 외침이 홀을 울렸다.

"현재까지 최고가, 이천오백 골드입니다!"

그게 신호라도 된 듯 기사들은 입을 다물었다. 자리를 비운 녀석을 신경 쓸 때가 아닌 것 같았다.

라이오스가 진중하게 중얼거렸다.

"일단 보석을 회수해야 합니다."

"설마…… 경매에 참여하실 생각입니까?"

"어쩔 수 없지. 소유주가 있는 물건을 강압적으로 탈취할 수는 없으니까."

벤자민이 경악하자 켄드릭이 대신 대답해 주었다.

다이아나가 슬쩍 미소를 드리웠다.

"일단은 우리도 초대장을 받은 사람이니 자격은 충분해. 살면서 경매에 직접 참여해 본 적은 한 번도 없는데."

흥미롭다는 기색을 숨길 의지가 전혀 느껴지지 않는 어조였다.

그저 엄격하기만 하던 단장이 처음 보여 주는 모습에 헬렌은 아연실색하고 말았다.

"굳이 그러실 필요 없이 황실 기사단의 이름으로 양도받으면 되지 않습니까? 위험한 자가 노리고 있으니 경매를 멈춰야 한다고 양해를 구한 뒤에 크롬웰 남작에게 값을 치르면……."

"헬렌 경, 저기 봐. 그 말이 통할 것 같아?"

하지만 그녀의 말은 다이아나가 가볍게 던진 한마디에 간단히 막히고 말았다. 이미 귀족들은 한 치의 양보도 없이 저 보석을 자신이 갖고 말겠다는 각오를 굳힌 듯 보였다.

"그렇다면 우리도 공정하게 경쟁해야지."

어차피 아렌트의 행동은 황태자가 모두 책임지기로 한 사항이니, 경비 역시 청구해도 큰 실례는 아닐 터.

켄드릭이 빙긋 웃으며 쐐기를 박았다.

"우리도 참전하지. 이참에 황실 기둥 하나 정도는 뽑아 보자고."

황태자가 아렌트와 손을 잡을 때 간과한 것이 있었다.

검은 물감을 가까이 하면 덩달아 검게 물든다는걸.

'아렌트 방식'은 마치 독처럼 기사들 사이에 천천히, 그리고 확실히 퍼져 가고 있었다.

* * *

홀에서 나온 아렌트는 잠깐 복도에 서서 귀를 기울였다.

경매가 시작되자마자 순식간에 와자지껄한 소리가 흘러나오기 시작했다. 15분에 한 번씩 최고가를 고지하는 방식임에도 소란이 벌어지는 걸 완벽히 막는 것은 불가능한 모양이었다.

바삐 돌아다니는 사용인들도 모두 정신없어 보이기는 마찬가지였다. 쉴 새 없이 음식을 날라 대니, 심부름을 하느라 혼자 빠져나온 견습 기사에게는 신경을 기울일 틈도 없어 보였다.

아렌트는 몇 개 따로 챙겨 온 과자를 입에 하나씩 넣으며 어슬렁어슬렁 걸음을 옮기기 시작했다.

1층과 2층 곳곳에선 사람들이 분주하게 뛰어다니는 모습이 심심찮게 보였다.

경매 중에 본가와 연락을 취하러 나온 사람도 간간이 보였다. 생각보다 빠르게 가격이 뛰고 있는 모양이었다.

2층을 둘러보는 척하던 아렌트는 곧 3층으로 올라가는 계단을 밟았다.

부산스러운 아래층과는 달리 3층에서는 인기척 하나 느껴지지 않았다. 오늘은 3층을 사용할 계획이 없어서 그런지 불도 밝혀져 있지 않았다.

아렌트는 어두운 복도를 느긋하게 걸었다.

저벅, 저벅…… 일정한 발소리가 어두운 공간에 아로새겨졌다.

방금까지 시끌벅적하던 것이 거짓말처럼 느껴졌다.

제대로 정돈되지 않은 탓에 3층에는 각종 집기들이 아무렇게나 널려져 있었다.

인테리어를 바꾸며 뒤로 밀려난 조각들이 뽀얗게 먼지를 뒤집어쓰고, 곰팡이가 스는 걸 막으려고 벽에 걸어 놓은 카펫도 여기저기 눈에 띄었다.

꼭 무대 뒤 같은, 아주 익숙한 침묵이었다.

아렌트는 멈추지 않고 천천히 걸음을 내디뎠다.

저벅저벅.

시간이 얼마나 지났을까.

문득 등 뒤에서 이질적인 기척이 느껴졌다.

우뚝 걸음을 멈춘 아렌트가 크게 한숨을 푹, 내쉬었다.

"……나도 이런 짓은 별로 안 하고 싶단 말이지."

아무도 듣지 못할 정도로 작은 투덜거림은 덤이었다.

*　*　*

"최고가는 삼천이백 골드입니다!"

단정하지만 우렁찬 외침이 홀을 뒤흔들었다.
켄드릭이 작게 침음을 흘렸다.
"다들 생각보다 대범하군."
"제법 작정한 모양인걸요?"
다이아나 역시 언짢게 머리칼을 쓸어 올리며 투덜거렸다.
세 단장이 모두 가격을 제시했지만 이번에도 그들의 예상을 훌쩍 뛰어넘는 액수가 튀어나왔다.
"수집가들의 수집욕은 대단하니까요. 아마 쉽게 끝날 것 같지는 않습니다."
가만히 상황을 주시하던 아서가 고개를 내저었다. 벤자민과 헬렌은 미처 끼어들 생각도 하지 못하고 멍하니 서 있을 뿐이었다.
"다음에는 조금 더 높게 불러야겠습니다."
"돌아가면 황태자 전하께 맞아 죽는 것 아닌가 모르겠습니다."
다이아나가 앓는 소리를 내자 라이오스가 진지하게 대꾸했다.
다시 한차례 순서가 돌고 우렁찬 선언이 터져 나왔다.
"사천백 골드 나왔습니다!"
상상을 초월하는 금액에 귀족들의 얼굴이 순식간에 창백해졌다. 그에 반해 켄드릭은 의기양양한 미소를 지었다.

"이번에는 내가 최고가를 말한 모양이군. 조금 무리한 보람이 있어."

"사, 사천 골드……."

벤자민이 아득하게 중얼거렸다. 그 정도면 어지간한 재력가들도 쉽게 넘볼 수 없는 돈이었다. 헬렌 역시 비슷한 심정인지 질린 얼굴로 중얼거렸다.

"설마 여기에서 더 오르지는 않겠죠?"

"그러면 좋겠지만."

리히트가 조용히 대답했다. 주춤거리면서도 귀족 몇이 앞으로 나서는 게 보였다.

아서가 질색했다.

"아직 더 해 보려는 사람이 있네요. 단장님, 문책 정도로는 안 끝날지도 모르겠습…… 단장님?"

주절대던 아서는 문득 단장들이 조용하다는 것을 깨닫고는 고개를 돌렸다.

어느새 세 사람 모두 얼굴을 차갑게 굳히고 창문 쪽을 응시하고 있었다.

"……착각인가?"

켄드릭이 가장 먼저 짧게 툭 내뱉었다. 방금까지의 장난기라고는 전혀 보이지 않는 어조였다.

거기에 대답을 내준 것은 줄곧 침묵을 지키던 라이오스였다.

"아니요, 착각이 아닌 것 같습니다."

그의 손이 천천히 검으로 향하는 것을 본 기사들이 몸을 긴장시켰다.

"사천오백 나왔습니다!"

다시금 커다란 선언이 들려오는 것과 동시에, 창문 밖에서 낯선 실루엣이 일렁였다.

단장들이 망설이지 않고 달려 나가던 순간.

콰아앙!

굵은 팔이 창문을 깨부수고 들어왔다.

* * *

"그…… 혼자 이런 곳에서 뭐 하십니까?"

조심스럽기 그지없는 목소리가 뒤에서 들려왔다.

아렌트는 고개를 돌렸다.

크롬웰 남작이 어두운 복도 한가운데에 우뚝 서 있었다. 아렌트는 잠깐 긴장시켰던 어깨에 힘을 빼고 몸을 돌렸다.

"초대받아서 오긴 했지만, 사실 시끄러운 것은 별로 좋아하지 않아서요. 크롬웰 남작님이야말로 왜 여기에 계십니까? 경매가 한창 진행 중일 텐데."

"저, 저도 마찬가지입니다. 아무래도 사람들 앞에 서려니 긴장이 되어서…… 후우, 그런데 설마 먼저 오신 분이 계실 줄은 몰랐습니다."

창백한 얼굴로 한숨을 내쉰 크롬웰 남작이 쓴웃음을 지어 보였다.

시끌시끌한 아래층의 소음이 어렴풋이 들려왔다.

"아렌트 폰 에크하르트 경…… 맞으시지요? 경께서는 보석에는 관심이 없으신 모양입니다."

"구경했으니 됐습니다. 견습 기사에게 그런 걸 살 돈이 어디에 있겠습니까?"

사실 있지만 아렌트는 천연덕스럽게 어깨를 으쓱해 보였다. 그러자 크롬웰 남작의 입가에 흐린 미소가 번졌다.

"일하시느라 고생이 많습니다."

"피차일반이지요. 고생이 많으시네요. 미친놈 하나한테 잘못 걸려서."

아렌트는 남작의 눈을 똑바로 응시했다.

미소 짓는 입술과는 별개로 남작의 두 눈은 공포에 질려 있었다.

주체하지 못하고 흔들리는 동공에는 채 흘리지 못한 눈물이 그득 맺혀 있었다. 크롬웰 남작이 웃는 얼굴 그대로 입술을 달싹였다.

"……살려 주십시오."

"말씀 안 하셔도 그럴 생각이니, 긴장 푸셔도 괜찮습니다."

그 말이 떨어지기가 무섭게 남작이 품에서 단도를 꺼내 달려들었다. 아렌트는 몸을 살짝 비트는 것으로 일격을 손쉽게 피해 낸 뒤 퍽, 뒷목을 내리치는 것으로 싱겁게 남작을 제압했다.

의식을 잃은 남작이 끈 떨어진 인형처럼 풀썩, 제자리에 쓰러졌다.

어둠에 잠긴 복도 너머, 이쪽을 가만히 응시하는 익숙한 가면이 보였다.

가면 너머의 눈동자가 반짝, 빛을 발했다.

"눈치가 빠른데. 이왕이면 죽여 버리지 그랬어."

"나는 누구랑 다르게 인간 백정이 아니라서."

남작을 복도 구석으로 밀어 둔 뒤, 아렌트는 어깨를 빙글빙글 돌리며 빈센트를 향해 성큼 다가갔다.

"어차피 다 죽을 건데 순서는 그리 상관없지 않나?"

"아니, 상관있을걸. 너만 죽을 테니까."

어둠 속에서 두 사람의 눈동자가 맞부딪혔다.

그리고 다음 순간, 그들은 누가 먼저랄 것 없이 땅을 박찼다.

콰아아앙!

거센 충돌에 먼지가 뿌옇게 일어났다.

아렌트는 눈을 똑바로 뜨고 제 검을 받아 낸 남자를 노려보았다. 빈센트가 가면 아래로 드러난 입꼬리를 씨익,

하며 휘었다.

"이리 다시 만나게 되어 아주 기쁘군."

"나도. 감동스러워서 몸 둘 바를 모르겠어."

끼긱, 끼긱.

맞닿은 검이 힘겹게 버티는 가운데, 살벌한 덕담이 오고 갔다.

그리고 다음 순간.

콰아아앙!

아래층에서 어마어마한 진동이 터져 나왔다.

하지만 아렌트의 안색은 조금도 변하지 않았다. 이렇게 될 거란 걸 익히 예상했다는 듯이.

빈센트가 헛웃음을 흘렸다.

"어이가 없어…… 애송이 주제에, 내가 어떻게 움직일지 다 알고 있었단 말이지?"

"네 사고방식이 너무 단순한 거겠지, 변태 가면."

아렌트가 덤덤하게 받아치고는 검을 강하게 휘둘렀다. 굳이 버티지 않고, 빈센트는 뒤로 훌쩍 뛰어 그와 거리를 벌렸다.

솔직히 그리 유쾌한 기분은 아니었다. 어린애의 개수작에 곧이곧대로 말려든 것과 다르지 않은 꼴이니까.

빈센트의 제거 목표 1순위는 바로 아렌트였다. 만에 하나의 실수라도 저 애송이는 살아 돌아가서는 안 됐다.

그러니 이렇게 뒤를 쫓아야만 했다. 혹여 그의 시야를 벗어난 사이 모습을 감추기라도 하면 곤란할 테니.

아렌트는 그 점을 읽어 낸 거였다.

"나를 혼자 상대할 자신이 있던 모양이지? 오만하게도."

"너 같은 놈 상대하는 덴 배신자 정도로 충분해."

순간 냉기가 휘몰아치더니, 아렌트의 검이 새하얗게 얼어붙었다. 쯧, 혀를 찬 빈센트 역시 검기를 일으켜 응수했다.

카아앙!

두 사람의 검이 거세게 서로를 튕겨 냈다.

지체 없이 바닥을 박차고 돌진해 오는 아렌트의 공격을 막아 낸 후 깔끔하게 걷어 낸 빈센트가 손을 쭈욱 뻗었다.

다음 순간, 팅!

뭔가에 튕겨 나가기라도 한 듯 황급히 손을 거둔 빈센트가 뒤로 물러섰다.

"어?"

이건 분명 거부 반응이었다. 아티팩트의 능력이 제대로 통하지 못하고 튕겨 나온 것이다.

"새 장난감이 생겨서 들뜬 건 알겠지만 주의 사항 정도는 미리 숙지해 두는 편이 좋을걸."

아렌트가 이죽거리는 소리에 얼이 빠진 채 입을 조금 벌렸던 빈센트는 다시 닥쳐오는 공격에 퍼뜩 정신을 차렸다.

"쳇!"

카앙!

검격을 강하게 쳐 냈지만, 한번 공세를 잡은 아렌트는 물러서지 않았다. 반사적으로 방어에 집중하던 빈센트는 곧 문제가 무엇인지 깨달았다.

서리 어린 손길.

아렌트의 입꼬리가 슬쩍 올라가는 것이 눈에 들어왔다.

그 순간, 빈센트는 확신할 수 있었다.

저놈은 이 상황을 분명 예상했다고.

'하지만 어떻게?'

지배하는 자의 눈동자를 하사받은 것은 고작 얼마 전이었다. 그런데 벌써 그 특성과, 자신마저 파악하지 못한 약점마저 간파했다고?

"……하, 단지 희생정신만으로 내 앞을 막아선 건 아닌 모양이지."

입술이 비릿한 곡선을 그렸다. 가면 너머의 눈빛이 마치 야수의 것처럼 돌변했다.

"계획을 바꿔야겠어. 너는 무슨 수가 있어도 끌고 간다."

* * *

카아앙!

공격을 쳐 낸 손이 시큰거리며 아파 왔다.

하지만 그것에 신경을 기울일 틈도 없었다. 팔을 베어 버릴 기세로 살벌한 검이 날아들었으니까.

카가각!

검이 비명을 질렀다.

힘을 짜내 그대로 빈센트를 튕겨 낸 아렌트는 재차 날아드는 검을 피해 몸을 확 숙였다. 아슬아슬하게 스쳐 지나간 검이 새하얀 뺨에 긴 상흔을 남겼다.

'기세가 바뀌었다.'

입술을 깨물고 마력을 끌어올리자 검이 새하얗게 얼어붙었다. 딛고 선 지면에도 흰 서리가 어렸다. 동시에 아렌트의 눈동자에도 냉기가 어렸다.

카아앙!

두 자루의 검이 다시금 맞붙었다.

듣기 싫은 쇳소리가 가각, 가각, 어둠에 잠긴 복도에 섬뜩하게 새겨졌다.

"왜, 초조해? 네가 생각하는 그림에서 완전히 벗어나서?"

"······진짜 어처구니가 없군."

빈센트가 헛웃음을 터뜨렸다.

반박이 불가능했다.

도대체 어디부터 잘못된 건지.

기사들이 나타날 것은 예상했다. 그 웃기지도 않는 협박장 소동이 기사들을 끌어들이려는 놈의 자작극이라는 건 충분히 짐작할 수 있었으니까.

하지만 그 무엇도 변수가 될 거라고 여기지는 않았다.

황실 기사들을 단신으로 상대하는 꼴이었지만 어차피 자신 이외의 전력은 필요 없다고 생각했다.

부족한 전력은 골렘이 대체해 줄 터였다. 게다가 아티팩트를 손에 넣은 지금, 불특정 다수를 아군으로 만들 수 있는 능력 또한 생겼다.

'그런데도······.'

기사들은 민간인을 상대로 칼을 겨눌 수 있을 리 없을 터.

그러니 민간인을 방패로 내세우면 저들도 속수무책일 거라 생각했는데, 자신의 아티팩트가 봉인된 상태에서 서리 어린 손길의 소유주와 싸워야 하는 상황이 되어 버렸으니.

평범한 견습 기사라면 몰라도 아티팩트 소유자라면 승패를 가늠하기 어려워진다.

자신이 이곳에 발목이 잡힌 이상, 저들은 마음 놓고 사람들을 보호하며 골렘과 싸울 수 있을 터였다.

헛웃음을 짓던 빈센트가 입술을 일그러뜨렸다.

순간적으로 폭발하듯 밀려든 검기에 아렌트가 눈을 크게 떴다. 반사적으로 몸에 힘을 뺀 덕에 크게 베이는 꼴은 피했지만 그 대가로 중심을 잃고 튕겨 나가고 말았다.

우당탕!

바닥에 처박혔다가 고개를 든 순간, 어느새 눈앞까지 닥쳐온 검이 쇄도했다.

몸을 굴리는 것으로 간신히 피하자 방금까지 어깨가 있던 자리에 콰득, 검이 틀어박혔다.

하지만 빈센트는 주저하지 않고 바닥을 크게 베어 버렸다.

우드드득, 단단한 바닥을 종잇장처럼 갈라 놓은 검이 아직 중심을 잡지 못한 아렌트를 향해 몰아쳤다.

얼어붙은 검을 치켜들고 방어했지만 귓전을 때리는 쇳소리와 함께 강한 충격이 전신을 헤집었다.

꽉 깨문 입술 사이로 울컥, 피가 흘러나왔다.

아렌트는 검을 옆으로 흘려 버리고 잠깐 생긴 틈을 타 손으로 빈센트의 팔뚝을 꽉 움켜잡았다.

뼛속을 훑는 냉기에 빈센트는 반사적으로 아렌트를 강하게 쳐 내고 거리를 벌렸다.

"……."

잠깐 손이 닿았던 자리가 새하얗게 얼어붙어 있었다.

빈센트는 잠깐 할 말을 잃었다가 이내 헛웃음을 터뜨렸다.

"하……."

이쯤 되니 진짜로 인정할 수밖에 없었다.

함정에 빠진 건 자신이었다. 고작 스무 살 언저리인 애송이가 친 거미줄에 걸려든 것이다.

하지만 거미줄이 잡을 수 있는 건 고작 나비 정도뿐. 연약한 함정 따위 찢어발기면 그만이었다.

빈센트는 웃음을 흘리며 검을 다잡았다.

"건방진 게 주제도 모르고."

"원래 나는 건방진 역할이야."

입에 고인 피를 뱉어 낸 아렌트가 씨익, 입꼬리를 올렸다. 바닥에 닿은 피가 순식간에 얼어붙었다.

"마침 좋은 기회이기도 하고. 어디까지 할 수 있는지 나도 궁금하거든."

우드득, 아렌트가 목을 꺾었다. 휙 검을 털어 내자 얼음 결정이 눈처럼 사르르 떨어졌다.

"……하, 설마 나를 아티팩트를 시험하는 데 쓰겠다는 건가?"

"왜? 어차피 그쪽도 그럴 생각이었잖아. 뿌린 대로 거

둔다는 말도 모르나."
"이거 보통 미친놈이 아니군."
"변태 가면한테 그런 말 들으니까 굉장히 뿌듯한데."
검을 다잡은 아렌트는 땅을 박차고 빈센트를 향해 달려들었다.

* * *

"모두 응접실로 가십시오! 그쪽은 아직 안전합니다!"
노이만이 목이 터져라 외쳤다.
사용인들이 귀족들을 부축해 상단주의 지시를 따라 일사불란하게 움직였다.
이미 저택은 엉망진창이었다. 박살 난 집기와 파괴된 골렘 파편들이 바닥을 뒹굴었다.
골렘 한 체와 대치하던 헬렌이 당황스러움을 감추지 못하고 외쳤다.
"어디에서 튀어나온 겁니까?"
"아무래도 정원에서 한꺼번에 소환된 것 같습니다."
"골렘을 소환한 자는요?"
이번에는 벤자민에게서 날아든 질문이었다.
아서는 자신 쪽으로 날아든 골렘의 주먹을 검으로 튕겨내고, 곧장 핵을 베어 냈다.

와르르. 또 한 체의 골렘이 바닥에 무너져 내렸다.

"아마 저택 어딘가에 있을 겁니다. 그리고……."

아서가 말끝을 흐렸다.

빌어먹을 소환자 놈은 화장실에 가겠다며 홀로 어슬렁대며 나간 아렌트가 혼자 막고 있겠지.

'멍청한 놈.'

이가 절로 갈려 나왔다.

이해 못 할 일은 아니었다. 일이 이 지경이 되고서야 아렌트가 왜 그렇게 움직였는지 짐작할 수 있었다.

빈센트가 이 자리에 있었다면 기사들은 온전히 골렘을 막아 내는 데만 집중할 수 없을 테니까.

"처음부터 그렇게 말하든가! 빡치게 하고 있어!"

결국 아서는 짜증을 쏟아 내며 골렘을 일격에 쓰러뜨려 버렸다.

사용인들과 함께 사람들을 대피시키던 노이만이 허둥지둥 달려왔다.

"아서 경! 일단 사람들을 안쪽 응접실에 모이게 했습니다!"

"탈출구로 쓸 만한 곳이 있습니까?"

"아니요, 저택이 완전히 포위된 것 같습니다."

아서는 고개를 돌려 주위를 확인했다.

마침 먼저 들이닥친 놈들이 얼추 정리된 참인지 리히트

와 켄드릭, 그리고 다이아나가 합류하는 게 보였다.

도망쳤던 치안대 중 몇몇도 돌아와 골렘 하나에 달라붙어 항전했다.

라이오스는 전체적인 상황을 파악하려는 듯, 골렘을 상대하며 저택 안팎을 살피고 있었다.

"곧 정리될 겁니다. 저희가 알아서 할 테니 상단주님도 사람들과 함께 계세요."

그때 지척까지 다가온 골렘이 두 사람을 향해 굵은 팔을 휘둘렀다.

아서는 반사적으로 검기를 일으켰다. 하지만 그가 미처 반응을 하기도 전, 골렘이 우뚝 움직임을 멈추더니 와르르 무너져 내렸다.

"다들 무사한가?"

라이오스였다.

"다, 단장님?"

아서는 순식간에 다가와 자신을 도운 단장을 얼떨떨하게 보았다.

검을 허공에 털어 낸 라이오스가 노이만을 향해 성큼 다가섰다.

"고생하셨습니다. 이제 상단주님도 대피하십시오."

"예, 예…… 아참, 크롬웰 남작님이 아까부터 보이지 않습니다. 찾아보고는 있지만……."

멍하니 있던 노이만이 퍼뜩 정신을 차리고는 말을 이었다.
라이오스는 그에게 가볍게 고개를 끄덕여 주었다.
"알겠습니다. 저희가 찾아보겠습니다."
"예, 무운을 빕니다!"
고개를 숙인 노이만이 급하게 안쪽으로 뛰어 들어갔다. 이따금 골렘들이 그를 노리고 달려들었지만 헬렌과 벤자민이 뒤를 엄호했다.
노이만이 안전한 곳까지 대피한 것을 확인한 아서가 검을 고쳐 잡았다.
"단장님, 아렌트는······."
"그래."
불안한 목소리로 슬쩍 물었지만 라이오스에게서는 덤덤한 대꾸가 돌아올 뿐이었다.
"최대한 빨리 정리하자."
쿵, 쿵!
아까부터 저 위에서 불길한 진동이 느껴졌다.
바로 거기서 아렌트와 빈센트가 대치하고 있을 터였다.
'자리를 이탈하면 안 되겠지.'
검을 쥔 손에 절로 힘이 꾹 들어갔다.
이 많은 수의 골렘을 고작 일곱 명이 막아 내는 것도

벅찬 일이었다. 그리고 무엇보다 라이오스가 지금 상황을 파악하지 못했을 리 없었다.

그가 굳건히 자리를 지키는 이상 함부로 경거망동할 수는 없었다.

잡념을 떨쳐 버리려는 듯 검을 다잡고 골렘 한 체를 단번에 베어 버렸다. 지금은 눈앞의 적을 상대하는 데 집중하는 것이 우선이었다.

* * *

빈센트는 점점 초조해졌다.

저 애송이가 제 앞을 막아섰을 때만 해도 대치가 이렇게까지 길어질 줄은 예상치 못했다.

상대는 고작 견습 기사.

원래는 몇 합 만에 끝났어야 하는 일이었다. 완벽히 제압해 일이 끝날 때까지 살려 둔 채로 본단에 끌고 갈 자신도 있었다.

'그런데…….'

검을 쥔 손끝이 어느새 얼어붙어 있었다. 처음 냉기에 당한 반대쪽 팔은 거의 못 쓸 지경이었다.

몇 번의 공방이 오간 끝에 이곳저곳 얕게 베인 상처를 통해 싸늘한 냉기가 파고드는 게 느껴졌다.

평범한 사람이었다면 벌써 동사했을지도 몰랐다.

"하……."

우드득.

얼어붙은 손을 억지로 움직이자 뻣뻣하게 굳어 버린 피부가 끔찍한 소리를 내며 수축했다.

멀쩡한 상태가 아닌 것은 아렌트 역시 마찬가지였다.

어깨를 늘어뜨리고 숨을 고르던 그가 마른기침을 토했다. 입술 사이에서 피가 튀었다. 크게 베인 상처도 여러 군데였다.

그런 와중에도 아렌트는 마력을 풀지 않았다.

공기 중의 수분이 얼어붙어 어린 기사의 발치에 새하얀 서리가 되어 가라앉았다.

살짝 벌어진 입술 사이로 계절과 맞지 않는 입김이 흘러나왔다. 서리 어린 손길의 위력을 아는 빈센트에게는 그 모든 것이 위협이었다.

상대를 바라보는 빈센트의 눈동자가 가늘어졌다.

게다가.

'미묘하게 닿질 않아.'

팔을 잘라 낼 생각으로 검을 내지르면 고작 팔뚝을 베는 데 그치고, 다리를 끊어 버리려 하면 정강이를 스치는 게 다였다.

어딜 노리는지, 어떻게 막아야 하는지 본능적으로 아는

것 같았다. 의도한 거라면 훌륭하고 본능이라면 대단한 재능이었다.

바로 코앞에서 살기등등한 검이 오가는데도 상대를 면밀히 살피는 듯 한없이 차분한 눈동자라니.

무심한…… 좀 더 정확히 말하자면 마치 남의 일을 보는 것 같은 태도였다. 모든 상황을 위에서 아래로 내려다보는, 지독히도 객관적인 시선.

"왜. 쫄기라도 했어?"

이쪽을 가만히 바라보는 시선에 아렌트가 피식 입꼬리를 끌어 올렸다.

그런 허세를 부리는 와중에도 온몸이 부서질 듯 아파 왔다.

애초에 아서와 리히트를 한꺼번에 제치고 도망칠 정도의 실력자이니, 일대일로 싸워서 이길 가능성은 극히 적었다.

하지만 고작 발목을 잡고 늘어지는 것만으로도 이렇게 벅찰 줄은.

검에 박힌 마정석 하나는 어느새 깨진 채였고, 두 번째 것도 빛을 잃어 가고 있었다. 서리 어린 손길을 운용하며 마력을 과하게 끌어다 쓴 탓이었다.

'마정석이 있어 다행이지.'

그러지 않았다면 이미 어떻게 됐을지 모를 일이었다.

"아니, 네가 같은 편이었다면 좋았으리란 생각을 잠깐. 이건 훌륭하다는 말로도 모자라. 찬사를 보내고 싶을 정도군."

"미안한데 그건 네가 정하는 게 아냐. 내 마음이지."

"그걸 알아서 아쉽다는 거야."

쩝, 하고 입맛을 다신 빈센트가 검을 고쳐 쥐었다.

반사적으로 몸에 힘이 들어갔다. 하지만 공격이 닿은 곳은 아렌트의 예상을 빗나간 지점이었다.

콰드득!

빈센트의 검이 바닥을 크게 가르고 아렌트의 심장을 향해 쇄도했다.

가까스로 공격을 쳐 냈지만 딛고 서 있던 바닥에 커다란 상흔이 새겨졌다.

가벼운 몸놀림으로 도약한 빈센트가 벽을 박차고 천장으로 치솟았다. 그러고는 허공에서 몸을 빙글, 돌려 천장에 양발을 단단히 디뎠다.

"……!"

눈으로 그의 움직임을 좇던 아렌트가 멈칫했다. 가면 아래로 드러난 빈센트의 입가에 기이할 정도로 커다란 미소가 번졌다.

빈센트의 발이 닿은 천장에 쩌억, 금이 갔다. 강하게 천장을 박찬 빈센트가 아렌트를 향해 똑바로 추락했다.

정면으로 받아 내면 죽는다.
강한 직감에 아렌트가 급하게 몸을 옆으로 날렸다.
다음 순간, 콰아앙! 빈센트의 검이 바닥에 처박혔다.
우지끈.
불길한 소리와 함께 발아래가 훅 꺼지는 것이 느껴졌다.

* * *

쿠웅!
불길한 진동이 건물 전체를 뒤흔들었다.
아서는 반사적으로 고개를 들었다.
"뭐야?"
착각이 아니었다.
쿠우웅!
다시 한번 같은 진동이 울리고 불이 밝혀진 샹들리에가 흔들리며 소리를 냈다.
골렘 때문은 아니었다.
툭, 투둑.
신경을 곤두세우고 있던 아서는 천장에 금이 커다랗게 가며 나는 불길한 소리를 감지했다.
골렘과 대치 중인 헬렌과 벤자민 머리 바로 위였다.

우지끈.

무언가가 부서지는 소리에 그제야 두 사람이 고개를 들었다.

"어?"

"젠장, 피해요!"

아서는 검을 갈무리할 틈도 없이 몸을 날려 두 사람의 뒷덜미를 잡아채 반대쪽으로 내던졌다. 내동댕이쳐진 헬렌과 벤자민이 미처 몸을 추스를 틈도 없이 그곳의 천장이 통째로 내려앉았다.

뻥 뚫린 구멍에서 온갖 파편과 돌덩어리들이 우수수 쏟아졌다.

한참 뒤, 먼지가 한층 걷히고 나서야 그들은 무너진 잔해 사이에 주저앉은 두 인영을 발견했다.

"저자는……."

"아렌트!"

벤자민이 입술을 달싹이는 사이, 퍼뜩 정신을 차린 아서가 잔해를 향해 달려가다 멈칫했다.

부서지고 깨진 파편 사이에서 아렌트가 비척비척 몸을 일으켰다. 몸이 성한 곳이 없었지만 빈센트를 노려보는 눈동자는 마치 얼음 칼을 벼려 놓은 듯 서늘했다.

"정신 나간 놈."

짜증스럽게 투덜거리는 입 사이에서 피가 울컥 쏟아졌다.

빈센트 역시 몰골이 멀쩡한 것은 아니었다.

낄낄대면서 파편을 밀치고 몸을 일으킨 빈센트의 팔 한쪽은 완전히 얼어붙은 채였다.

게다가 방금 천장을 뚫고 나오며 입은 크고 작은 생채기에 먼지까지 뒤집어써 볼품없는 몰골이었다.

"시간 끌기는 실패한 것 같은데. 어쩌나?"

광소 어린 목소리가 빈정거렸다.

미처 다른 사람이 끼어들 틈도 없었다. 그 한마디가 마치 무슨 신호라도 된 듯 철컥, 검을 고쳐 쥔 아렌트가 저돌적으로 땅을 박찼다.

방금까지와는 달리 확연히 성급함이 묻어나는 움직임이었다.

채애앵!

정면으로 날아든 검은 당연히 싱겁게 막혀 버렸다.

"하하하하! 오늘의 귀빈들은 어디에 숨겨 뒀을까?"

폭소를 터뜨린 빈센트가 몸을 빙글 돌려 빠른 속도로 저택 안을 향해 파고들었다.

"막아!"

라이오스의 외침에 아서와 벤자민, 헬렌이 곧장 그 뒤를 추격하려 했지만 아직도 채 파괴하지 못한 골렘이 앞을 가로막았다.

"젠장!"

서걱!

아서가 내지른 검이 골렘의 두꺼운 몸뚱이를 양단했다. 그사이 앞으로 치고 나간 아렌트가 빈센트의 뒤를 쫓았다.

"야! 혼자 가서 뭐 어쩌게!"

아서가 악을 썼지만 그는 뒤돌아보지 않았다.

빈센트의 노림수는 충분히 예상 가능했다.

한곳에 대피한 민간인들이 인질로 잡히기라도 하면 끝장이었다.

"넌 여길 정리해!"

금방이라도 뛰쳐나갈 듯한 아서의 어깨를 잡아 누른 것은 라이오스의 목소리였다.

어느새 단장은 아렌트가 사라진 곳을 향해 몸을 날리고 있었다.

* * *

빈센트는 히죽대며 복도를 따라 내달렸다.

안팎으로 날뛰는 골렘들에게서 사람들을 대피시킬 곳이야 딱 한군데뿐이었다.

"하하하하!"

귀기 어린 웃음소리가 전쟁터가 된 복도를 타고 쩌렁쩌

렁 울렸다.

 내 승리다. 머리를 좀 굴린 모양이었지만 어차피 결과는 바뀌지 않을 터.

 반쯤 열린 문틈으로 겁에 질린 귀족들이 보였다. 뒤를 힐끗 확인하니 젊다는 말로도 부족한 어린 기사가 성치도 않은 몸을 하고서 필사적으로 추격해 오고 있었다.

 건방진 말만 지껄여 대던 곱상한 낯에 드리운 다급한 표정에 쾌감이 들 지경이었다.

 콰아앙!

 문을 박차고 내부로 난입하자 찢어지는 비명 소리가 터져 나왔다.

 빈센트는 희생양들을 향해 아티팩트를 발동했다.

 "거스르는 자는 파멸을 맞이할 뿐이다!"

 하지만 거기까지가 끝이었다.

 사위는 그저 잠잠하기만 했다. 그 어떠한 이변도 생기지 않았다.

 겁에 질렸던 사람들이 의아하게 서로를 돌아보았다.

 그때.

 파삭.

 작은 소리와 함께 한 부인의 머리 장식에 있던 작은 구슬이 가루로 변했다.

 "어?"

그것 하나뿐만이 아니었다.

신사들의 브로치, 그리고 여인들의 머리 장식이며 목걸이 등에 자리 잡았던 구슬이 차례차례 먼지가 되어 흩어져 버렸다.

다급하게 달려오던 게 마치 거짓말이었다는 것처럼 아렌트가 느긋하게 응접실 안으로 타박타박 걸어 들어왔다.

그 자리에 뻣뻣하게 굳어 버린 빈센트는 간신히 고개만을 돌려 아렌트를 보았다.

그 순간.

울컥.

가면 아래의 입에서 시커먼 피가 한 움큼 터져 나왔다.

마력이 완전히 뒤집힌 거였다.

"멍청이."

"너…… 너…….''

아렌트가 무심히 내뱉은 짧은 조롱에 빈센트가 꿀럭, 꿀럭 피를 토해 내면서도 거친 쇳소리를 냈다.

하지만 그것도 얼마 가지 못했다. 결국 그 자리에 풀썩, 무릎을 꿇고 무너지고 말았으니.

아렌트는 절뚝절뚝 걸음을 옮겨 가까이 다가왔다.

"내가 분명히 말했지."

가면의 눈구멍 사이로도 피가 줄줄 흐르기 시작했다.

이미 정신을 놓아 버린 적에게 아렌트가 냉정히 툭, 내뱉었다.

"죽는 건 너뿐이라고."

그리고 다음 순간.

서걱.

싸늘한 검이 빈센트의 목을 단번에 베어 냈다.

"……."

툭.

끈 잃은 인형처럼 빈센트의 신체가 힘없이 바닥에 쓰러졌다.

정적이 흘렀다.

단지 아렌트가 천천히 숨을 몰아쉬는 소리만이 진득한 혈향과 함께 공기에 섞여 들 뿐.

싸늘하게 식어 버린 빈센트를 착잡하게 내려다보던 아렌트는 손에 힘이 풀려 검을 놓치고 말았다.

울컥.

목 끝까지 차오르는 것을 뱉어 내자 한 움큼의 피가 제복 앞섶에 쏟아졌다.

"하…… 뒈질 뻔했네."

손 하나 까닥할 힘도 남지 않아 그냥 바닥에 아무렇게나 주저앉아 버렸다. 사람들이 웅성거리든 말든 지금 그런데 신경을 기울일 여유가 없었다.

"괜찮나?"

"……아뇨, 안 괜찮습니다."

문가에서 다급히 들려온 익숙한 목소리에 아렌트는 고개도 들지 않고 투덜거렸다.

성큼성큼 다가온 라이오스가 아렌트의 어깨를 확 붙잡았다.

"어디 다친 곳은."

"많아요. 찢어지고 찔리고 베이고 난리 났습니다. 그러니까 건드리지 마세요. 아프다고요."

짜증스럽게 대꾸한 아렌트가 라이오스의 손을 홱 쳐 냈다.

평소와 다르지 않게 쌀쌀맞은 반응이었다.

라이오스는 그제야 한시름 놓고는 짧게 한숨을 내쉬었다.

착잡함이 묻어나는 시선이 주저앉은 견습 기사를 향했다.

'이 녀석은……'

이 저택의 모두가 아렌트에게 놀아났다. 그건 영문도 모른 채 목숨을 잃은 빈센트만 봐도 알 수 있었다. 아렌트가 혼자 상대할 수 있는 사람이 아니었는데도.

하지만 싸우느라 혼자 너덜너덜해진 놈을 붙잡고 자세한 사정을 캐물을 수는 없었다.

결국 단장은 고개를 내젓고 말았다.

"……정리하고 올 테니 일단은 쉬어라. 노이만 상단주님, 이곳을 부탁드립니다. 시신은 이대로 두고 건드리지 마십시오."

"예? 예, 알겠습니다!"

노이만이 눈짓하자 재빨리 움직인 사용인들이 어딘가에서 뜯어낸 천을 시신 위에 덮어 버렸다.

그 모습을 가만히 바라보던 아렌트가 천천히 억눌린 한숨을 터뜨렸다.

툭, 힘 빠진 고개가 무릎 위로 떨어졌다.

'성공했다.'

이 빌어먹을 무대에서 빈센트를 완전히 배제했다.

골렘 몇 체 정도야 저 인간 같지도 않게 강한 기사들이 알아서 정리할 테고, 눈앞에서 사람이 죽는 걸 본 귀족들이 술렁이는 건 그가 알 바 아니었다.

"아렌트 경, 괜찮으십니까? 바로 치료사를 부르겠습니다."

"다른 건 일단 모르겠고."

아렌트는 걱정스레 묻는 노이만을 향해 손을 까닥까닥 움직였다. 그 뜻을 알아차린 노이만이 몸을 숙여 주저앉은 아렌트에게 가까이 다가왔다.

"일단 아까 그 뭐시기 심장이라는 보석, 그것부터 챙겨요. 우리가 회수해 갈 테니까."

"……!"

"이제 말 걸지 마세요. 대꾸할 힘도 없으니까."

그걸 마지막으로 아렌트는 몸을 질질 끌다시피 해서 벽 쪽으로 가 등을 깊숙이 기대고 눈을 꾹 감아 버렸다.

역시 제멋대로이기 그지없는 태도였다. 이 모든 원흉을 제 손으로 베어 낸다는 엄청난 일을 해낸 주제에.

노이만이 작게 미소 지었다.

말 걸지 말라고 했지만, 이 한마디는 지금 꼭 해야 했다.

"고생하셨습니다. 감사합니다."

당연히 돌아오는 대답은 없었다.

* * *

잠깐 눈만 감고 있을 생각이었는데 진짜로 곯아떨어져 버렸다. 한참 뒤에 몽롱한 상태로 눈을 떴을 때는 어깨까지 담요가 덮여 있었다.

"아이고, 삭신이야."

빈센트의 시신은 이미 어디론가 치워 버린 모양이었다.

엉거주춤 몸을 일으키자 바로 옆에서 라이오스의 목소

리가 들려왔다.

"일어났나?"

"와, 씨. 깜짝이야. 왜 여기에 있어요?"

"슬슬 사태가 정리되어 가서. 복귀할 준비를 해야지."

소스라치게 놀란 그에게 라이오스가 덤덤히 설명했다.

그러는 와중에도 미처 잠이 덜 깬 건지 몇 차례 눈만 깜빡이던 아렌트가 멀뚱히 물었다.

"그 망할 놈의 보석은요?"

"켄드릭 경이 양도받았다. 구매하려 하던 사람들도 쉽게 포기하더군."

그럴 만도 하지.

이런 일을 겪고서도 불행을 부른다는 보석을 굳이 갖고 싶어 할 사람은 아무도 없을 터였다.

"그리고…… 크롬웰 남작님이 3층에서 발견되었는데. 정신을 차리시자마자 네게 감사 인사를 전해 달라고 하시더군."

"아, 맞다. 그대로 버려뒀구나. 깜빡했어요."

아렌트가 잘 들었다는 듯 고개를 끄덕이자 라이오스가 침착하게 말했다.

"사람을 기절시켜 두고서 그런 식으로 말하면 안 된다."

"뭐 어때요. 나 아니었으면 죽었을 사람인데."

지극히 옳은 말이었지만 칭찬해 주고 싶은 마음은 조금도 들지 않는 한마디였다.

단장은 그냥 화제를 돌려 버렸다

"시신은 황궁으로 운반하기로 했고, 그 전에 내가 먼저 한 차례 조사했다."

라이오스는 주먹보다 조금 작은 구슬을 꺼내 아렌트에게 보여 주었다.

원래라면 초록빛이 돌 구슬은 피에 얼룩져 제 색을 잃어버린 뒤였다. 그것의 정체가 뭔지는 굳이 생각해 보지 않아도 알 수 있었다.

"몸을 수색하다 찾았다. 가면 뒤에 의안이 숨겨져 있더군. 그가 지녔던 아티팩트인 것 같다."

"근데 이걸 왜 저한테 주십니까?"

라이오스가 덤덤하게 대꾸했다.

"내 개인적인 판단이다."

"뭐 그러시다면야."

아렌트가 손을 뻗자 금방이라도 아티팩트를 건네줄 것 같던 라이오스의 손이 뒤로 물러났다.

"대신 자초지종을 설명해 줬으면 좋겠는데. 오늘 일에 대해서."

"……."

아티팩트에 꽂혔던 시선이 슬쩍 올라가 라이오스에게

향했다. 라이오스는 약간의 짜증이 묻어나는 황금색 눈동자를 덤덤하게 마주 보았다.

잠시 후, 언짢은 기색이 고스란히 담긴 대꾸가 돌아왔다.

"나 참. 답지 않게 거래라도 제안하시는 겁니까?"

"네겐 명령이 통하지 않는단 걸 아니까."

아주 정확한 판단이었다.

투덜거리면서 고개를 주억거리자 그제야 라이오스가 아티팩트를 넘겨주었다.

"다른 사람은 봤어요?"

"아니."

"좋네요."

잠깐 손안에서 아티팩트를 굴려 보던 아렌트는 마력을 집중해서 운용했다. 지배하는 자의 눈동자가 순식간에 새하얀 얼음덩어리가 되었다.

그리고 잠시 후…… 파사삭, 소리와 함께 아티팩트가 바스러졌다.

아렌트는 가루를 그대로 바닥에 흘려 버리고는 화풀이하듯 발로 한 번 콱, 짓밟았다.

"싸우다 박살 났다고 하면 되겠죠."

다른 아티팩트도 위험한 건 마찬가지지만, 특히 이건 세상에 남아 있어선 안 되는 물건이었다. 살아 있는 인간을 조종하는 능력은 지나치게 악질이니까.

잠깐 뜸을 들이던 라이오스가 입을 열었다.

"……이걸로 끝인가?"

아렌트는 아무렇지도 않게 고개를 끄덕였다.

"네, 끝났습니다."

여전히 뚱한 얼굴이었지만 그 모습이 퍽 가뿐해 보였다.

물어볼 말도 많았고 들어야 할 것도 많았다.

하지만 이 속 시커먼 녀석의 입에서 끝났다는 말이 나온 이상, 한숨 돌려도 되겠지.

라이오스는 그제야 어깨에 들어간 힘을 조금 풀 수 있었다.

* * *

끝이라고 말했지만, 사실 진짜 끝난 건 아니었다.

기사들이 복귀하자마자 황궁이 발칵 뒤집혔다.

당연한 일이었다. 그 전부터 저주받았다며 화제에 오르내리던 보석이었으니까.

그런데 경매장에서 그런 난리가 벌어진 데다, 저택 하나가 거의 반파되다시피 하는 대형 사고가 터졌다. 그러니 관심이 모일 수밖에.

마구 파헤쳐진 정원에서 발견된 흔적들로 미루어 봤을 때 골렘은 아공간 마법 스크롤을 활용해 미리 숨겨 둔 듯했다. 사람들이 다 모이고 경매가 시작했을 때 습격해 몰살할 생각이었던 모양이었다.

사건은 황실과 노이만 상단주에게 원한이 있는 반군이 벌인 짓으로 결론 났다.

노이만과 친분이 있는 견습 기사가 우연히 초대장을 받았고, 마침 협박장 소식을 들은 황실 기사단의 세 단장이 재미 삼아 경매에 참석했다가 사태를 막아 냈다.

대충 이런 방향으로 이야기가 마무리됐다.

아렌트가 짠 시나리오대로였다.

한쪽에서는 사건 수습이 한창이고, 또 한편으로는 사후 보고차 궁정 회의 일정이 잡혔다.

그렇게 숨 가쁘게 일정이 돌아가는 와중, 본격적인 궁정 회의 이전에 작은 공론장이 먼저 열렸다.

"꼴이 제법 볼만하군."

칸타레스가 놀리듯 빈정거렸다.

살짝 벌어진 옷깃 사이로 칭칭 감긴 붕대가 보였다. 고운 얼굴에도 반창고가 덕지덕지 붙은 채였다. 하지만 아렌트는 뻔뻔하게 어깨를 으쓱할 뿐이었다.

"새삼 봐도 잘생겼습니까? 저도 잘 압니다."

"저 주둥이에도 붕대를 감았더라면 좋았을 텐데."

"하지만 그랬다면 사건의 전말을 들으실 수 없을 겁니다."

켄드릭의 탄식에 다이아나가 참으로 아쉽다는 듯 한마디 얹었다. 라이오스는 이제 버르장머리 없는 말버릇을 지적하는 것도 포기했는지 묵묵히 차를 들이켤 뿐이었다.

작은 회의실에 모인 인원은 세 단장과 칸타레스, 그리고 아렌트와 제레온이 다였다.

마지막으로 아렌트 앞에도 따스한 차를 건네준 제레온이 칸타레스 뒤에 가서 섰다.

황태자가 먼저 운을 뗐다.

"그래서…… 도대체 무슨 짓을 한 거냐?"

"제가 뭘 했다고."

"뭘 했냐니. 처음부터 끝까지 했잖아, 이 자식아. 협박장까지 만들어 가며 단장들을 그 자리에 끌고 가나 싶더니 광산에 있던 그놈이 튀어나오질 않나."

얄밉기 그지없게 툴툴거리는 아렌트에게 결국 칸타레스는 웃는 얼굴 그대로 사납게 으르렁거렸다.

"그놈, 사람들이 있는 곳에 도달할 때까지는 비교적 멀쩡한 상태였다면서. 그런데 갑자기 피를 토하고 쓰러졌다더군. 목격자가 한둘이 아닌데, 그건 어떻게 변명할 거지?"

"쳇."

"혀 차지 말고."

이렇게 된 이상 빠져나갈 구멍도 없어 보였다. 목격자의 입을 죄다 꿰매 버릴 수도 없는 일이고.

게다가 라이오스와 한 거래도 있으니까.

"아티팩트를 쓰려다 완전히 속이 뒤집힌 겁니다. 자업자득이죠."

아렌트가 간단하게 정리했다.

"식지 않는 심장. 그게 진짜 아티팩트라면 놈들 쪽에서도 회수하러 올 거라고 생각했습니다."

물론 약간의 거짓을 섞어서.

"그리고 만약 진짜 온다면, 광산에 있던 그놈일 확률이 높다고 여겼죠. 광산을 빼앗기는 큰 실수를 저질렀으니 만회하려 할 게 뻔하잖아요."

여기까지는 아서에게도 한 이야기였다.

"그리고 어쩌면 놈이 아티팩트를 지니고 있을지도 모른다고 생각했습니다. 제가 알기로 그놈들 수중에는 비슷한 게 몇 개 더 있으니까요."

팔짱을 낀 아렌트가 등받이에 몸을 푹 기댔다.

"그 아티팩트 중 제일 전투에 적합한 물건을 이번 사건에 동원한 거였고요. 아티팩트 이름은 지배하는 자의 눈동자. 사람이며 골렘을 제멋대로 조종하는 능력이 있습니다."

"그랬군. 그래서 크롬웰 남작이……."

켄드릭이 작게 중얼거렸다.

가볍게 고개를 끄덕여 준 아렌트가 말을 이었다.

"그래서 노이만 상단주님과 슈타들러 백작님께 부탁드려서 대항할 수 있는 물건을 준비했습니다. 상단주님께 저택 입구에서 나눠 달라고 부탁드렸는데, 크롬웰 남작님은 이미 아티팩트에 걸려들은 모양이었나 봐요."

"입구에서 출입증 대신 사용하라며 나누어 준 브로치?"

이번에는 다이아나가 물었다.

"네, 그거요. 거기 달린 장식이 마정석 광산의 부산물로 만든 겁니다. 슈타들러 백작님이 직접 제작해 주셨어요."

"그런데 그게 왜?"

"아티팩트는 마력에 직접 간섭하는 방식으로 운용됩니다."

아렌트가 간단히 대꾸했다.

"더군다나 놈이 가지고 있던 건 인간이나 골렘, 구울이 품은 마력을 조종하는 거니까…… 어쩌면 한두 번 정도는 공격을 막아 낼 수 있을지도 모른다고 생각했거든요."

서리 어린 손길을 착용한 손가락이 뿅, 하고 튀어나와 자기 자신을 가리켰다.

"일반 사람들에 비해서, 저나 여러분은 걸어 다니는 마력 덩어리 비슷한 거잖습니까?"

"그건…… 그렇지."

묘사가 조금 이상하긴 하지만 칸타레스는 일단 고개를 끄덕였다.

"하지만 평범한 사람은 우리랑은 다르니까 광산에서 나온 부산물이 품은 마력 정도로 충분했던 거죠."

즉, 그것이 방어막 역할을 했다는 거였다.

"미리 마정석을 건네 드린 것도 같은 맥락에서였습니다. 기사의 마력을 감추기에는 고작 그 정도 액세서리로는 부족했을 테니까."

체구가 작은 사람은 조그마한 방어막만으로 몸을 숨길 수 있어도, 덩치가 큰 사람은 더 크고 튼튼한 방패가 필요한 것과 같은 이치였다.

"단장님들이나 리히트 선배 정도로 숙련된 사람이라면 마정석이 없어도 괜찮았을 테지만, 다른 세 사람은 아니었거든요. 맨몸으로 아티팩트에 노출되면 위험했을 겁니다."

켄드릭이 애매하게 고개를 끄덕였다.

"몸을 지배해야 하는데, 도리어 마력이 튕겨 나가서 몸을 헤집어 버렸다는 거군. 처음부터 그럴 줄 알고 사람들이 있는 곳으로 유도한 건가?"

"눈이 돌아간 상태에서 앞뒤 안 따지고 아티팩트를 운용하면 그리될 수밖에 없을 테니까요."

몇 명 정도였다면 모르되 수많은 사람들에게 동시에 아티팩트를 사용했다가 그 반동을 그대로 돌려받았으니, 제아무리 빈센트라도 무사할 수 없었을 터.

아렌트가 어깨를 으쓱했다.

"물론 놈이 바닥을 부숴 버릴 거라곤 예상 못 했습니다만. 곧장 사람들이 모인 쪽을 찾아서 내달리기에 잘됐다 싶어서 약간 등만 떠밀어 줬을 뿐입니다."

찰나의 순간 본 다급한 모습에 빈센트는 제 판단이 틀리지 않았다 확신했을 터였다. 그게 지옥의 구렁텅이로 들어가는 지름길인 줄도 모르고.

일련의 사건을 시간 순서대로 정리해 보던 다이아나가 질린 목소리를 냈다.

"무서운 놈……."

"상당히 운이 좋았을 뿐입니다. 별일 아니에요."

아렌트가 진짜로 별거 아니라는 듯 평소처럼 덤덤하게 정리했다.

조용한 힐난의 시선이 그에게 쏟아졌다.

"왜 그렇게 보십니까?"

"됐네, 됐어. 그건 그렇고……."

질렸다는 듯 손을 휘휘 내저은 켄드릭이 눈을 가느다랗

게 떴다.

"경도 제법 재미있는 물건을 가지고 있는 것 같던데, 구경이나 좀……."

"싫습니다. 안 보여 드릴 거예요."

아렌트가 잽싸게 제 손을 등 뒤로 샥, 숨겼다.

켄드릭은 아쉽게 입맛을 다시면서도 순순히 물러섰다.

"그래, 그것도 비밀이란 말이지."

"숨기겠다고 한 것치곤 사방팔방에서 잘 사용하는 것 같긴 하지만."

"있는 걸 안 쓸 필요는 없으니까요. 당장 죽게 생겼는데."

칸타레스가 놀리듯 덧붙이는 말에 짧은 투덜거림이 돌아왔다.

다이아나가 피식 웃었다.

"벤자민 경과 헬렌 경은 미처 눈치 못 챈 것 같으니 안심해. 그 시신도 이미 처리되었고."

"그 변태 가면 아래의 면상은 한 번쯤 보고 싶었는데 아쉽게 됐네요."

그렇게 대꾸하면서도 아렌트는 속으로 짧게 안도했다.

라이오스가 한 차례 부검한 뒤, 빈센트의 시신은 황궁으로 옮겨져 다시 한번 조사받았다. 그 과정에서 서리 어린 손길이 남긴 상흔 역시 고스란히 노출되었을 터.

켄드릭과 다이아나가 아렌트가 가진 아티팩트의 존재를 눈치챈 것도 당연한 일이었다.

'태클이라도 걸면 어쩌나 했는데.'

이를테면 위험한 물건을 견습 기사 따위에게 맡길 수는 없다거나. 하지만 단지 기우였을 뿐인지, 다행히 그럴 생각은 없어 보였다.

잠깐 상념에 빠졌던 정신을 현실로 끌어 올린 것은 칸타레스의 목소리였다.

"됐어. 어쨌든 자초지종은 알았으니까 다음 내용으로 넘어가야겠군."

잠깐 떨떠름한 얼굴로 뜸을 들이던 칸타레스가 화제를 돌렸다.

"경매에 참석했던 귀족들의 항의가 빗발친다. 갑자기 나타난 적의 정체가 뭐냐고 말이야. 난 지금이 기회라고 생각하는데, 경들은 어때?"

"기회라……."

켄드릭이 그의 말을 따라 하며 고개를 천천히 끄덕였다.

"놈들이 제국을 적으로 삼았다는 것은 이제 확실히 다른 분들의 머릿속에도 새겨졌을 겁니다."

"제 생각도 같습니다. 게다가 지금까지 놈들이 꾸미던 계획은 대부분 저 녀석 손에 저지되었고."

뒤이어 다이아나 역시 그리 대답했다.

그녀의 눈길이 잠깐 아렌트에게 닿았다가 떨어졌다.

"지금이 시기적절하다고 생각합니다. 아군의 사기가 떨어질 일도 없고, 이번 일로 경각심을 키울 수도 있을 테니까요."

"라이오스 단장은 어때?"

"……두 분과 다른 의견은 없습니다. 적들의 움직임도 점점 과감해지기 시작했으니 그에 걸맞게 대처할 필요가 있으니까요."

잠깐 뜸을 들이던 라이오스가 신중을 기하듯 천천히 입을 열었다.

"그리그 후작과 그 일파도 얼추 정리됐으나, 혹시 남아 있을지 모를 간자들까지 색출하려면 기밀로 묶어 둔 정보를 어느 정도는 개방하는 것이 옳다고 여겨집니다."

아직은 황실 기사단 일부와 칸타레스만 직접 나서서 놈들에게 대처하던 실정이었다. 심지어 사건 대부분은 아렌트가 혼자 이리 뛰고 저리 뛰고 때로는 앞구르기까지 하며 승리를 이끌어 낸 것과 마찬가지였다.

누가 뭐라 해도 바람직하지 못한 상황이었다. 슬슬 다른 이들의 협조를 구해야 할 시점이었다.

칸타레스가 흡족하게 고개를 끄덕였다.

"경들 생각도 그렇다면…… 좋아, 이번 궁정 회의가 관건이겠군. 어쩌면 아직도 채 씻지 못한 오명을 벗을 기회가 될지도 모르고."

"오명이요? 아……."

멀뚱히 황태자의 말을 따라 하던 아렌트가 뒤늦게 짧은 탄성을 터뜨렸다.

"아직도 고리타분한 인간들은 널 곱게 보지 않으니까. 아직도 의심을 거두지 못한 이들이 적지 않아."

"아렌트 경을 보는 시선이 곱지 않은 건, 단지 의심 때문만은 아닌 것 같습니다만."

"……."

"저 성질머리부터 어떻게 해야 하지 않겠습니까?"

다이아나가 내놓은 정확한 지적에 잠깐 침묵이 흘렀다.

잠시 후, 칸타레스가 괜히 몇 차례 헛기침을 터뜨렸다.

"어쨌든 중요한 건 그게 아니라, 이제부터는 국면이 바뀔 거야. 아마 황궁 내부부터 들끓기 시작하겠지. 어쩌면 크고 작은 분쟁이 생길지도 모른다. 아니, 분명히 생길 거야. 그러니……."

황태자의 목소리가 살짝 가라앉았다. 하지만 기껏 진지해져 가는 분위기에 다시 찬물을 끼얹는 사람이 있었으니.

"그러니 뭐 마음의 준비라도 하라고요? 별것도 아닌 말을 왜 그렇게까지 무게까지 잡아 가며 하십니까?"

"……."

바로 건방지기 짝이 없는 견습 기사였다.

칸타레스가 이마를 탁, 소리 나도록 짚었다.

"탁상행정에나 익숙하신 분들께 큰 기대 안 합니다. 벌집 쑤셔 놓은 꼴이나 되겠죠. 우리 탓하는 사람도 생길 테고, 저한테 시비 털러 오는 사람도 많겠죠. 단장님들이나 전하께 직접 말하긴 무서울 테니까."

그러거나 말거나 아렌트는 아랑곳하지 않고 어깨를 으쓱했다.

"하지만 원래 너무 맑은 물에서는 물고기가 안 잡히는 법입니다. 깨끗한 개울에 맨발 벗고 들어가서 흙탕물로 만들어 놔야죠."

시종일관 시큰둥하던 낯짝에 슬쩍 성격 나빠 보이는 웃음기가 드리워졌다.

"물장구치고 놀면서 물고기나 잡는다고 생각하겠습니다."

이후의 상황이 어떻게 굴러갈지 불투명했지만, 딱 한 가지는 확실했다.

아까 다이아나가 한 말은 틀린 게 하나도 없었다.

저 성질머리부터 어떻게 하지 않는 이상 황궁이 조용해질 날은 오지 않을 것이다.

영원히.

2장. 더럽게 말 안 듣는 견습 기사

더럽게 말 안 듣는 견습 기사

 해가 중천에서 서쪽 사이에서 빛을 발하는 어중간한 오후 무렵. 늘 왁자지껄한 황성 중심부도 저녁을 앞두고 슬슬 잠잠해지던 때였다.
 그렇지 않아도 사람이 많지 않은 고즈넉한 식당 안에는 딱 두 명의 손님만이 있을 뿐이었다.
 식당의 주인 로렌스는 흐뭇한 눈빛으로 환담을 나누는 청년들을 물끄러미 지켜보았다.
 정반대의 색을 지닌 이들이었지만 머리를 맞대고 두런두런 대화를 나누는 모습이 얼핏 나이 차이가 많은 형제 같기도 했다.
 더군다나 두 사람 다 시선을 절로 사로잡을 정도로 미형이니, 바라보는 사람 입장에서는 절로 따스한 미소가 나올 법했다.

 하지만 속사정까지 아름다울 리는 없었다. 평화로운 겉모습과는 달리 칸타레스는 속이 부글부글 끓어오르고 있었으니까.

 "너, 내가 누군지 가끔 잊어버리는 것 같다?"
 "엥? 그럴 리가요."

 왼손으로는 과자를 집고 오른손으로 종이를 팔랑팔랑 넘겨 대며 아렌트가 대꾸했다.

 황태자가 말을 거는데 고개조차 들지 않는 꼴이 참 가관이었다.

 "제가 그걸 까먹었으면 굳이 여기에 나와 있지도 않았을 텐데요. 기껏 낸 휴가를 상관과 같이 보내는 제 기분을 칸 님이 짐작이나 하십니까?"

 "……어차피 휴가라고 해 봤자 연무장에 처박혀서 검이나 휘두를 거잖아."

 게다가 제레온이 직접 작성해 칸타레스가 배달한 저 서류는 아렌트가 요구한 물건이었다. 아직은 기밀을 요하는 상황이라 사람의 눈을 피해 일부러 없는 시간까지 쪼개 가며 여기까지 나온 건데.

 '화내면 지는 거다.'

 그러니 참자, 참아.

 아직도 얼굴에 반창고 몇 개를 덕지덕지 붙여 둔 놈한

테 짜증을 내 봤자 얻을 수 있는 건 없었다. 애초에 말싸움을 벌여 봤자 이길 자신도 없었고.

"경매장 건도 얼추 수습했어. 네놈이 하도 날뛴 바람에 나도 고생했다만."

"어떻게 됐는데요?"

"일단 내습한 적은 너랑 단장들이 합공해서 처리했다고 둘러댔어."

치명상을 입은 채 최후의 발악으로 인질을 잡으려던 악적은 견습 기사의 마지막 일격으로 목숨을 다했다.

상단주가 나눠 준 액세서리는 광산에서 난 것으로 만든 기념품의 시험작인데, 기사들이 날뛰는 현장에서 요동치는 마력을 이기지 못해 파손되었다.

이것이 공식적으로 발표된 내용이었다.

"그 정도면 됐네요. 사람들 반응은요?"

"어떨 것 같냐?"

"오늘 나오는데 몇몇이 절 죽일 듯이 노려보던데요. 황궁만 아니었다면 침이라도 뱉을 기세던데, 또 몇몇은 기특해 죽겠다는 표정으로 쳐다보기나 하고."

여전히 서류에서 눈을 떼지 않으며 아렌트가 대꾸하자 칸타레스 입에서 한숨이 튀어나왔다.

"내가 굳이 더 설명할 필요도 없을 것 같네."

"식상한 전개네요."

"그렇게 쉽게 말하지 마. 툭 치면 터질 것 같은 꼴이 됐다고."

"내버려 두면 안 터지고요?"

"……."

이 빌어먹을 놈은 맞는 말을 참 얄밉게 하는 재주가 있다.

특히 두 세력 사이에서 이리저리 치여 죽을 지경인 칸타레스는 저 가벼운 어조에 속이 살살 긁힐 수밖에 없었다.

어느 정도 봉합했다고는 하나 이번 사건의 진상은 소수의 입을 거쳐 다소지만 퍼져 나갔다. 지난 몇 건의 사건으로 이미 눈치 빠른 몇몇 귀족들은 적의 존재를 어렴풋하게나마 알아차렸을 터.

혹여 내전으로 번질지도 모르는 상황에 그들이 촉각을 곤두세우는 것도 당연한 일이었다.

그런 와중, 고작 견습 기사 주제에 긁어 부스럼을 만들었다며 못마땅해하는 이도 자연스레 생길 수밖에 없었다.

칸타레스 입에서 앓는 소리가 흘러나왔다.

"신중하게 접근해야 하는데, 괜히 네가 적을 자극해서 놈들이 설치기 시작한 게 아니냐는 말도 제법 들리더군."

"칸 님 꼴도 말이 아니네요. 정치에 나서자마자 귀족들을 휘어잡아서 제국을 안정시켰다는 사람이."

"하, 휘어잡았다고? 웃기는 소리."

아렌트가 놀리듯 던진 말에 짜증스런 대꾸가 돌아왔다.

"어르고, 달래고, 협박까지 해 가며 한데 모아 두긴 했지. 하지만 그중 진짜 고분고분한 놈이 몇이나 있겠어?"

"아하, 앞에선 헤헤거리다 뒤에선 침 뱉던 놈들이 다시 슬슬 기어오르기 시작한단 거죠?"

"정확해."

"그리고 지금 제일 골칫거리가 이 사람이고?"

"어?"

갑작스러운 말에 저도 모르게 이마를 주무르던 칸타레스가 시선을 정면으로 향하자 아렌트가 막 읽던 종이를 펼쳐 보여 주었다.

귀족들의 간단한 인적 사항과 특징이 열거된 페이지였다. 아렌트의 손은 그중 한 사람을 가리키고 있었다.

칸타레스가 곧장 질린 목소리를 냈다.

"……어떻게 알았냐? 귀신같은 놈."

"그냥, 어쩐지 그럴 것 같아서요."

다시 서류를 갈무리하며 아렌트가 아무렇지도 않게 대꾸했다.

"그래서 정확히 뭐 때문에 난린데요?"

"이런저런 핑계는 많지만 말이야."

쯧, 혀를 찬 황태자가 주스가 든 잔을 쥐고 투덜거렸다.

"광산이 내 손안에 떨어진 게 굉장히 불만인 모양이더군. 게다가 노이만 상단주도 우리 쪽으로 돌아섰으니, 자본의 큰 흐름이 내 아래에 들어온 거라고 여기는 거지. 사실 딱히 틀린 말은 아니지만."

자금이 손아귀에 들어온 건 아렌트가 이리 뛰고 저리 뛰다 보니 어쩌다 얻어 낸 부산물에 불과했다. 하지만 귀족들에게는 그게 아주 큰 위협으로 다가온 모양이었다.

차기 왕권 주자에게 자금력까지 생긴 모양새니까.

아렌트는 대충 납득하고 고개를 다시금 서류 쪽으로 내렸다.

로웰 드 랜포드 후작

그에게도 낯선 이름이 아니었다.

'황태자를 끝까지 골머리 앓게 만들던 영감이군.'

종이를 몇 번 더 뒤적거리니 아는 이름들이 몇몇 더 나왔다. 나중에 적들에게 무기를 팔다가 걸려 처형당한 자들의 이름도 보였다.

익숙한 이름들이 담긴 서류를 읽으니 고구마를 퍼먹은

기억이 새록새록 떠올랐다.

외부의 적도 문제였지만 혼란에 빠진 내부도 문제였다.

처음에는 악적들을 물리친답시고 황제와 황태자 아래에 집결하는 듯했지만, 시간이 지날수록 이탈자가 슬슬 발생한 것이다.

'문제는 그걸 너무 늦게 알아차렸다는 거고.'

급한 불부터 꺼야 하는 상황에 정신이 팔려 살금살금 뒤통수칠 궁리를 해 대던 놈들을 미처 견제하지 못한 것이다.

원래부터 숨어 있던 첩자였는지, 아니면 중간에 변절한 놈들인지 확실하지 않았지만, 어느 쪽이든 그들의 이탈로 황실이 큰 타격을 입은 것은 사실이었다.

'언젠가 한 번쯤은 부딪혀야 할 족속들이지.'

그런 의미에서 일부러 찾아갈 필요 없이 먼저 시비를 걸어 준다면 오히려 환영이었다.

아렌트 입가에 슬쩍 미소가 드리웠다.

"뭐냐. 왜 갑자기 실실대? 불안하게."

"대책은 세우셨습니까?"

"대책이랄 게 있나. 어르고 달래 가면서 가끔은 협박도 좀 해 줘야지. 다시 고분고분하게 고개를 숙이도록."

"얼씨구, 답지 않게 어쩐 일로 정론이래요?"

"나답지 않다니. 원래 그런 것들까지 포용해야 하는 자리야. 내가 네놈 같은 녀석까지 주워다 쓰는 것만 봐도 알 수 있지 않나?"

"세상에 이렇게 도움되는 인재가 어디 있습니까? 제가 편들어 준 걸 감사하게 여기시죠."

저 뺀질뺀질한 새끼.

칸타레스의 주먹에 힘이 들어갔다. 그렇다고 저놈이 나불대는 말이 영 틀리지 않았다는 게 제일 열받았다.

"뭐 어쨌든…… 칸 님의 말씀에는 어느 정도 동의합니다. 그래도 한 번쯤은 충격 요법이 필요하지 않을까요?"

"충격 요법?"

"네. 보아하니 이 사람들도 하나같이 만만찮은 능구렁이인 모양인데."

턱을 괸 아렌트가 시큰둥하게 주절거렸다.

"대놓고 뒤통수치는 것보다는 속에서 야금야금 파먹고 들어가는 걸 더 좋아하는 족속들이잖아요. 더 깊이 파먹히기 전에 털어 내 버려야지 않겠어요?"

"말이 쉽지. 슬쩍 털어 내려고 손이라도 들라치면 난리가 나잖냐. 정당한 의견을 냈을 뿐인데 설마 탄압을 하시려나이까 등등, 사람을 아주 폭군 취급하면서."

핵심을 짚은 지적에 아렌트가 엉뚱한 말을 칸타레스에게 투척했다.

"연극 보신 적 있으십니까?"

"뭐? 그야…… 있지. 가끔 황궁에서 행사가 있을 때 극단을 초대하곤 하니까. 교양 삼아 몇 번 본 적도 있고."

이에 어린 기사의 말이 이어졌다.

"그럼 혹시 아세요? 같은 내용이라도 어떤 배우가 어떤 톤으로 연기하느냐에 따라 분위기가 크게 달라진다는 거."

"그건…… 그렇겠지. 같은 검술이라도 어떤 기사가 시전하느냐에 따라 달라지기도 하니까."

"예상치 못한 사태도 얼마든지 벌어집니다. 어느 날 갑자기 중요한 역할을 맡은 배우에게 문제가 생겨서 무대에 오르지 못하게 된다거나, 무대 위에서 대사를 틀렸다거나, 나와야 할 놈이 안 나온다거나…… 뭐, 그런 것들."

아무렇게나 주절대던 말을 딱 멈춘 아렌트가 칸타레스를 똑바로 보았다.

"연극은 그런 상황에서도 정해진 결말을 끌어내야겠지만."

"……현실에는 정해진 끝이 없다고?"

"정확히는 원하는 결말을 만들어 내야죠. 안 그럼 이쪽이 당하니까."

원래 살던 곳이었다면 온갖 욕을 처먹고 극단에서 쫓겨

나는 걸로 끝나겠지만, 여기서는 목숨이 날아간다.

"도대체 무슨 말이 하고 싶은 거야?"

"그런 돌발 상황을 잘 활용하면 이야기를 아예 뒤집어 버릴 수도 있단 겁니다."

거기까지 말한 아렌트가 은근한 미소를 드리웠다.

"천하의 썩을 놈이 내뱉어야 할 대사를 주인공이 지껄일지도 모르고, 원래는 나쁜 놈 편이었던 간신배가 제 이득을 추구하고자 착한 편에 붙을 수도 있는 거잖아요."

이를테면 지금의 자신처럼.

팔짱을 척 낀 아렌트가 씨익, 입꼬리를 올렸다.

"최고의 방어는 공격. 먼저 때린 놈이 이깁니다. 힘이 비슷하다면 발 빠르게 움직인 놈이 한 대라도 더 칠 테니까요."

제국에 싸움을 건 적들이 가장 먼저 한 일은 자신의 존재를 알리는 거였다.

말 그대로 선전 포고.

사람들의 뇌리에 존재감을 강렬히 박아 넣은 놈들은 정치계에 스며들어 세력을 늘려 갔다.

'이쪽이라고 그걸 못 할 이유는 없지.'

지금 해야 하는 건 이후 전개될 상황에서 쉽사리 편을 정하지 못하고 갈팡질팡할 놈들이 저쪽으로 넘어가는 것을 막는 작업이었다.

"넌 지금 그게 기사란 놈이 할 소리냐?"

"이런 놈이라 지금 칸 님 맞은편에 앉아 있을 수 있는 게 아닐까요?"

가만히 그 말들을 듣던 칸타레스가 피식, 웃음을 터뜨렸다.

"건방진 놈. 감히 나를 가르치려 들어?"

"원래 건방진 놈입니다. 가르침을 얻으셨다면 다행이고요."

어깨를 으쓱하는 기사를 슬쩍 흘겨본 칸타레스가 끙, 앓는 소리를 냈다.

"장황하게 지껄였지만, 대충 요약하자면 손안에 있는 걸 최대한 이용해서 판을 뒤흔들라는 뜻이지?"

"정확합니다. 그래야 흐름을 꺾어서 상황을 원하는 대로 끌고 갈 수 있으니까요."

이용할 수 있는 건 제법 많았다. 지금 상황 그 자체와 충직한 수족, 그리고 정치적 라이벌…….

'아니지.'

아렌트가 말하는 건 그런 게 아니었다.

칸타레스는 천천히 머리를 굴리다 다시금 피식 웃음을 터뜨렸다.

"더럽게 말 안 듣는 견습 기사가 하나 있긴 한데."

"그리고 말 한마디로 제국을 뒤흔들 수 있는 칸 님의

신분도 제법 도움되는 도구 중 하나죠."

아렌트가 어깨를 으쓱했다.

"그래도 혼자는 버거우실 테니, 제 앞으로 슬쩍 떠밀어 주시면 요령껏 해 보겠습니다. 물론 공짜로는 안 되고요."

"……꼴을 보니 또 재미있는 생각이 난 모양이지."

잠깐 뜸을 들이던 칸타레스가 슬쩍 입꼬리를 올렸다.

"이걸 재미있는 생각이라고 해야 하나요. 당연히 공짜는 아닙니다."

"그럴 줄 알았다, 이 자식아. 뭘 원하는데?"

"글쎄요, 이제 뭐가 필요하려나."

여유롭게 턱을 괸 아렌트가 눈을 데굴, 굴리다 칸타레스와 시선을 마주쳤다.

"그건 차차 생각해 보고, 나중에 청구하겠습니다."

"못된 놈 같으니."

이 순간 누가 황태자이고 견습 기사인지는 별로 중요하지 않았다.

단지 미운 놈 골탕 먹일 생각에 짓궂은 기대감을 품은 두 장난꾸러기만 존재할 뿐이었다.

* * *

'나조차 도구 중 하나란 말이지.'

새삼 어처구니없는 한마디였다.

참 오만하기도 하고.

제국을 이어받을 후계자를 고작 도구 정도로 명명하다니.

지금 앞에 있는 이들 중 한 명이라도 그 말을 들었더라면 당장 아렌트의 목을 쳐야 한다며 발광했겠지.

하지만 칸타레스는 그게 썩 틀린 말이라고는 생각하지 않았다.

물론 조금 괘씸하긴 하지만.

'그놈은 적어도 속에 든 구렁이를 숨기려 들지는 않지.'

오히려 적절히 내보인다면 모를까, 제가 가진 것을 그 누구보다도 잘 활용하는 사람이 바로 아렌트였다. 무슨 생각을 하는지는 도무지 이해할 수 없는 놈이지만, 적어도 진의를 감추지는 않았다.

지금 마주한 이자들과는 다르게.

칸타레스는 일부러 자신과 대치하는 쪽의 귀족들만 모아 회의에 소환했다.

명목은, 최근 일어난 사건들의 설명과 대책 도모.

이스트 금고, 그리그 후작의 광산 사건, 그리고 이번 경매장 습격 사건까지가 모두 하나로 엮이자 귀족들의 표정이 시시각각 변했다.

단지 짐작만 하던 것과 황태자의 입으로 직접 듣는 것

은 다른 문제였으니까.

한참 만에 입을 연 것은 랜포드 후작이었다.

"······전 제국에 포고령을 내리신다고 말씀하셨습니까."

랜포드 후작이 점잖게 물어 왔다. 칸타레스 역시 표정 변화 하나 없이 대꾸했다.

"그래, 적들이 사용하는 표식을 본격적으로 수배할 생각이네. 뭔가 문제라도 있는가?"

"아닙니다. 문제라니요. 단지 조금 더 신중해야 할 필요가 있지 않은가 다시 한번 여쭈어 보고 싶을 뿐입니다."

"이미 다수의 피해가 생겼어. 여기에서 더 신중할 필요가 있는가? 이미 시기상으로는 조금 늦었다고 생각하네만."

빙그레 미소 짓는 칸타레스의 눈에 차가운 한기가 돌았다. 그러자 랜포드 후작의 미간이 살짝 구겨졌다.

"······전하의 심기를 거스르려던 생각은 아니었습니다. 부디 용서해 주십시오."

"아니지. 활발한 의견 교류야말로 제국을 발전시킬 수 있는 가장 중요한 양분이라고 생각해. 그러니 앞으로도 가감 없이 말해 줬으면 좋겠군."

자세를 고쳐 앉으며 황태자가 느긋하게 말했다.

"그대들이 걱정하는 것이 무엇인지는 알아. 정보의 발화자가 아직 미덥지 못한 거겠지."

"……."

회의 참석자들이 눈에 띄게 움찔했다. 황태자가 누굴 지칭하는지는 모두가 잘 알고 있었다.

아렌트 폰 에크하르트.

여기저기에서 괜한 헛기침이 튀어나왔다.

새삼 최근 그의 존재감이 얼마나 커졌는지 알 수 있는 대목이었다. 원래라면 한낱 견습 기사의 이름 따위 아무도 관심 없었을 텐데.

아직도 앳된 티가 가시지 않은 놈에게 불편한 감정을 드러내는 제국의 중진들을 지켜보자니 칸타레스는 조금 유쾌해졌다.

"물론 그의 행동은 충분히 문제 삼을 만해. 하지만 그렇다고 해서 그가 목숨 걸고 해 온 일들이 없던 게 되어서는 안 된다고 생각하는데."

"물론 그렇습니다. 하지만 공교로운 점이 너무나도 많습니다."

랜포드 후작이 그렇게 말하자 다른 몇몇 이들도 천천히 고개를 끄덕였다.

"공교로운 점이라면?"

"부디 노하지 마시고 들어 주시길 청합니다, 전하."

"말해 보게."

"황실 기사단은 그 누구보다도 황제 폐하와 황태자 전하를 가까이에서 보필할 수 있는 영광스러운 자리입니다. 모두가 그 사실을 알고 있지요. 그러니 인선도 폐하께서 각별히 신경 쓰시는 것으로 압니다."

조용한 회의실에 랜포드 후작의 목소리만이 또렷하게 울렸다.

"그러니 그 일원인 아렌트 폰 에크하르트 경 역시 그에 준하는 인재겠지요. 나이에 비해 검술 실력이 대단하다 들었습니다. 하지만 역시 그의 행실과 비행, 그리고 이스트 금고 사건 이전의 일을 고려하지 않을 수 없습니다."

즉 그의 말은 한마디로.

"에크하르트 경의 충심이 진실된 것인지 저는 확신이 생기지 않습니다. 아마 다른 분들께서도 같은 생각이실 거라 믿습니다."

역시 그거군.

칸타레스는 턱을 괴고 가만히 다음 말을 기다렸다.

"젊은이를 의심하는 것이 바람직하지 못한 일임은 압니다. 하지만 국정이 달린 일이니, 신중함에 신중함을 기하는 것이 옳다고 생각합니다."

"그리 틀린 말은 아니군."

황태자의 입에서 긍정의 말이 나오자 좌중이 작게 술렁

였다.

칸타레스가 자세를 고쳐 앉으며 말을 이었다.

"내 판단이 무조건 옳다고 볼 수도 없어. 라이오스 경은 믿음직한 단장이지만, 그대들도 알다시피 제 부하를 한없이 아끼는 사람이니 아렌트 경을 객관적으로 살필 수 없을지도 몰라."

랜포드 후작에게서 돌아온 대꾸는 없었다. 다른 이들 역시 침묵을 지킬 뿐이었다.

그야 황태자가 자신들이 할 말을 이미 다 쏟아 내 버렸으니까.

한참의 뜸 뒤, 침묵을 깬 것은 이번에도 칸타레스였다.

"이런, 시간이 다 되었군. 오늘은 이 정도로 끝내고 다음에 더 논의하도록 하지."

모두들 심란한 표정으로 자리에서 몸을 일으켜 황태자를 향해 고개를 숙였다.

다만 회의실을 나서는 칸타레스의 입가에는 마치 나쁜 음모를 꾸미는 사람 같은 미소가 슬쩍 걸렸다.

알면 다친다는 말이 가장 잘 어울리는 인물이 바로 아렌트였다.

'먼저 때린 놈이 이긴다…… 라.'

이건 나름의 선공이었다.

사실 점잖은 신사의 주머니에 독사 한 마리를 찔러 넣

은 것과 다르지 않은 일이지만, 유감스럽게도 그것을 제대로 알아본 사람은 아무도 없는 모양이었다.

'네 앞으로 슬쩍 떠밀어 달라고 했지?'

아렌트의 세 치 혀가 저 능구렁이들을 상대로 얼마나 빛을 발할지 슬슬 기대되기 시작했다.

* * *

"엥?"

자신들의 앞을 막아선 이를 먼저 발견한 사람은 아서였다. 그가 의아한 소리를 내자 아렌트 역시 고개를 들어 정면을 확인했다.

"오늘도 수고가 많네, 아서 노버트 경. 그리고 아렌트 폰 에크하르트 경."

처음 보는 노신사가 뒷짐을 진 채 두 사람에게 천천히 다가왔다. 아서는 어리둥절한 표정을 하다 이내 그를 알아보고는 예를 취했다.

"안녕하십니까, 랜포드 후작님."

"음, 내가 용건이 있는 건 아서 경이 아니라 옆의 견습 기사이네만."

"예?"

아서가 아렌트를 돌아보았다.

이 맹랑한 막내 기사는 익히 예상했다는 것처럼 덤덤하게, 혹은 시큰둥하게 후작을 가만히 응시할 뿐이었다.
"잠깐 시간 좀 내지, 아렌트 경."
"모르는 사람은 따라가지 말라고 배웠습니다."
"……모르는 사람?"
"네, 모르는 사람. 혹시 저 아십니까?"
"야, 야!"
기겁한 아서가 잽싸게 입을 틀어막으려 했지만 아렌트는 상체를 휙 숙이는 것으로 간단히 피해 버렸다.
"인사 한 번 나눠 본 것도 아니고, 그렇다고 해서 뭐 딱히 낯익은 얼굴도 아닌 것 같은데, 용건이 있다고 말씀하시려면 우선 본인이 누구인지부터 밝히셔야죠."
이미 랜포드 후작의 얼굴은 딱딱하게 굳어 있었다.
화를 가라앉히려는 듯 관자놀이를 몇 차례나 꾹꾹 누르던 후작이 마침내 다시 입을 열었다.
"듣던 대로……."
"맹랑하다. 싸가지 없다. 당돌하다. 뭐 셋 중 하나겠죠. 자주 들었습니다."
"너, 너, 너…… 미쳤어?"
아서가 기함했지만 아렌트는 시끄럽다는 듯이 귀를 틀어막을 뿐이었다.
이제 후작은 표정 관리를 하기도 퍽 힘들어 보였다. 새파랗게 어린 녀석한테 들으리라 상상도 못 한 말들의 향연에 정신이 아찔해진 모양이었다.

둘 사이에 끼인 아서는 참 반갑지 않은 기시감을 느껴야만 했다.

하지만 랜포드 후작은 지금껏 아렌트에게 모욕당한 많은 이들과는 달리 현명한 판단을 내렸다.

꾸짖는 대신 차분하게 다시 입을 연 것이다.

"그렇군. 경은 황궁에 들어온 지 얼마 안 되었으니 내가 누구인지 모를 수도 있겠어."

오호라, 그저 그런 얼간이는 아닌 모양이지.

그를 물끄러미 지켜보던 아렌트의 입가에 아무도 보지 못한 미소가 스쳐 지나갔다.

"본인은 로웰 드 랜포드일세. 제국 북쪽에서 영지를 다스리며, 때로는 황궁 재무부에서 작게나마 일을 거드는 몸이지. 괜찮다면 잠깐 시간을 내줄 수 있겠나?"

이렇게까지 정중히 나온다면야.

몇 번 뒤통수를 긁적이던 아렌트가 선뜻 고개를 끄덕였다.

"그러죠. 뭐, 딱히 일정이 있는 것도 아니고."

"야, 하지만……."

"별수 없잖아요. 높으신 분이 저 좀 보자고 하시는데."

참 노골적이고 얼핏 듣기에는 모욕적이기도 했지만 틀

린 말은 아니었다.

　잠깐 망설이던 아서는 한숨을 푹, 내쉬고는 아렌트를 향해 의미 없는 잔소리를 늘어놓았다.

"버르장머리 없이 굴지 말고. 후작님, 그럼 저 먼저 가 보겠습니다."

　끝까지 찝찝한 표정이었던 아서는 빠른 걸음으로 그 자리에서 떠나갔다.

　간신히 둘만 남게 되자 랜포드 후작은 조금 새삼스러운 기분으로 아렌트를 응시했다.

　듣던 대로 미남이긴 했지만 생각했던 것보다 훨씬 더 새파란 애송이었다.

　하지만 차분하게 가라앉은 눈만은 도무지 어린애같이 보이지는 않았다.

　'첫눈에 파악할 수 있을 만큼 만만한 놈은 아니란 건가.'

　랜포드 후작을 상념에서 깨운 것은 언짢음이 그득 묻어나는 목소리였다.

"용건이 뭔데 굳이 길 가는 사람을 붙잡으셨습니까?"

"미안하군. 사실 딱히 용건이라 말할 것은 없네. 마침 지나가는 길에 경이 보여서 잠깐 이야기를 나누고 싶은 마음뿐이었지."

　표정을 갈무리한 랜포드 후작이 다시 입을 열었다.

"늙은이의 주책이라 생각해도 상관없네. 최근 회의 때마다 경의 이름이 자주 오르내려서 말이야."

"제가 뭐라고 다들 그렇게 관심을 가지신답니까?"

"겸손이 과하군. 경이 단장들을 도와 큰 공을 세웠다는 것은 익히 들어 알고 있네."

"별일 아닙니다. 반쯤은 홧김에 저지른 거나 다름없고요."

제 공을 칭찬하는 일에도 시종일관 시큰둥한 태도였다.

"홧김이라…… 재미있는 말이군. 확실히 젊은 시절에나 벌일 수 있는 일이야."

랜포드 후작의 입가에 슬쩍 작은 웃음기가 어렸다.

그의 표정을 가만히 살피던 아렌트가 돌연 짧게 한숨을 내쉬었다.

"그리고 후작님도 아시다시피 구르라 하시면 굴러야 하는 입장인지라."

"응? 경이 황실 기사이기 때문에?"

"그것만은 아니죠."

슬쩍 주변을 살핀 아렌트가 후작을 향해 제 손목을 보여 주었다. 제복 아래에 가려졌던 은색 팔찌가 햇빛 아래에 드러났다.

후작은 그제야 아렌트의 말을 제대로 이해했다.

"허…… 목줄이라는 게."

"살고 싶으면 저는 전하께서 원하시는 게 무엇이든 가져다 바쳐야 합니다. 수단과 방법을 가리지 않고요."

다시 팔찌를 갈무리하며 아렌트가 투덜거렸다.

저 말은 곧, 좋아서 황태자를 따르는 게 아니라는 뜻과 같았다.

랜포드 후작의 눈에 살짝 이채가 드리웠다.

"그거…… 고생이 많군."

한참을 투덜대던 아렌트가 멈칫하고는 제 입가를 매만졌다.

"아, 실례했습니다. 초면의 후작님께 드릴 말씀은 아니었네요."

"아닐세. 심려치 말게. 그 마음은 이해할 수 있으니 못 들은 것으로 해 주겠네."

"……감사합니다."

잠깐 머뭇대던 청년이 머쓱하게 말하자 랜포드 후작은 제 직감이 옳았음을 확신했다.

'역시 부담되는 모양이군.'

제아무리 경우 없이 날뛰는 철부지라지만, 자신에게 온갖 시선이 쏟아지는 지금 상황이 아무렇지도 않을 리 없었다. 더군다나 그는 황궁에 들어온 지도 얼마 되지 않은 애송이니까.

뒷목을 만지작대던 아렌트가 작은 목소리로 투덜댔다.

"솔직히 좀 답답합니다. 제가 무슨 잘못을 했다고."

"하지만 자신의 행동에는 책임을 져야지. 그것이 어른이라는 것이네. 경은 이제 엄연히 한 사람의 기사니까."

"견습입니다만."

"수련 기간을 다 채우면 정식 기사가 될 몸이기도 하지."

랜포드 후작이 아이를 가르치듯 엄하게 말하자, 어린 기사는 못내 불만스러운 기색을 드러내면서도 고개를 끄덕였다.

"그렇지요. 어리광을 부릴 처지가 아니라는 건 잘 알고 있습니다. 감당 못 할 짓을 함부로 시작하면 안 된다는 것도 체감 중이고요."

"이제라도 알았으면 되었지. 인간은 원래 실수하면서 배우는 것이라네."

짐짓 누그러진 목소리로 대답하며 랜포드 후작이 고개를 천천히 끄덕였다.

"아무래도 요즘 돌아가는 상황이 자네에겐 조금 버거운 모양이군."

"응당 해야 할 일이라고 생각합니다. 제 책임도 있으니까요. 무엇보다 아직 죽고 싶지도 않고."

담담하게 말하면서도 아렌트는 슬쩍 시선을 아래로 내리깔았다.

랜포드 후작은 그 의미를 충분히 짐작해 냈다.

혀를 함부로 놀리다가 목이 떨어지는 꼴은 피하고 싶으니 더 이상 캐묻지 말라는 경고였다.

'천성적으로 예민한 기질인가 했더니.'

거기에 더해 잔뜩 꼬인 지금 상황까지 겹쳐 더욱 신경질적으로 변한 모양이었다. 그렇게 생각하면 방금 첫 대면에서의 거친 언동도 충분히 이해할 수 있었다.

후작의 어조가 더욱 부드러워졌다.

"걱정 말게. 황태자 전하께서 엄격하시긴 해도 그리 냉정한 분은 아니시니까."

"진심으로 그리 생각하십니까?"

곧장 냉담한 대꾸가 돌아왔다.

"후작님께서 절 긁어서 뭘 얻어 내고 싶으신지는 모르겠습니다만, 전 해 드릴 수 있는 말이 없습니다."

고개를 든 젊은 기사의 냉랭한 낯은 이제 치밀어 오르는 분노를 미처 삼키지도 못하고 있었다.

"당장 후작님과 이리 대화를 나누는 것부터가 제겐 굉장히 부담스럽습니다. 이만 가 주시죠. 저는 그냥 명령받은 일만 할 뿐입니다."

"……이거 실례했군. 자네도 고충이 많겠어."

청년이 쏟아 내는 싸늘한 말을 가만히 듣던 랜포드 후작이 차분하게 고개를 끄덕였다.

보통 젊은이라면 제 능력을 인정받았다는 생각에 어깨

더럽게 말 안 듣는 견습 기사 〈109〉

에 힘을 주고 다니는 게 보통일 터.

하지만 사형당하기 직전까지 몰린 경험이 있는 데다, 언제 목숨이 다할지 모른다는 압박감은 경험 많은 노장이라도 견디기 어려운 거였다.

'오히려 잘되었어.'

이용하기 편한 말이 필요했던 황태자가 목숨을 저당 잡아 제멋대로 부린 모양이었지만, 아무래도 이 견습 기사에게는 그 영광이 힘겨웠던 모양이었다.

"그런 위로나 듣자고 드린 말씀이 아닙니다."

"알고 있네. 하지만 자네가 그렇게 말하니 연장자로서 가만히 있긴 힘들군."

아렌트가 까칠하게 쏘아붙이자 랜포드 후작이 진지하게 말을 건넸다. 그러자 어린 청년의 눈동자에 의아한 빛이 스쳤다.

그 틈을 놓치지 않고 후작이 천천히 말을 이었다.

"어차피 황태자 전하께서는 나를 그리 기꺼워하지 않으시니, 내가 전하께 무슨 말을 고하더라도 자네에게 피해가 갈 일은 없어."

순간 아렌트의 표정이 멍해졌다. 후작이 방금 건넨 말을 찬찬히 곱씹기라도 하는 것 같았다.

"그러니 경계하지 말게. 어린 청년을 몰아붙이는 것도 어른이 되어서 못 할 짓이지."

"……실례했습니다."

잠깐의 뜸 뒤 아렌트가 머쓱하게 중얼거렸다. 어깨에 잔뜩 들어가 있던 힘이 빠진 게 확연히 보였다.

"그렇다면 진솔하게 물어보지. 자네의 바람은 뭔가? 영광이나 부를 바라는 것은 아닌 모양이고."

"솔직히 이제 질렸습니다."

아렌트가 주머니에 손을 푹 찔러 넣었다.

"벗어나면 좋겠지만, 아직은 제가 해야 할 일이 있으니까요."

"벗어나고 싶다…… 라."

후작은 그 짧은 한마디를 되뇌어 보았다.

솔직히 지금까지는 이 젊은 기사를 고운 눈으로 보지 못했다. 하지만 자신의 잘못에 대가를 치르며 버거워하는 청년을 그저 비난하는 것도 어른이 되어서 할 짓은 아니었다.

짧은 고민을 마친 랜포드 후작이 천천히 입을 열었다.

"자네의 뜻이 그렇다면, 내가 도와줄 수도 있을 것 같은데."

"예?"

아렌트가 퍼뜩 고개를 들었다.

앳된 얼굴에 확연히 드러난 희망을 확인한 순간 랜포드 후작은 자신이 옳았음을 확신했다.

아렌트 폰 에크하르트는 황태자가 내세운 꼭두각시였다. 혹은 명령을 이행하고 사냥해 낸 것을 고스란히 가져다 바치는 사냥개거나.

'누군가가 앞에 나서서 싸워야 한다면.'

그건 최소한 라이오스 드 윈프리드 단장쯤은 되어야 했다. 아니면 기사단의 다른 단장이거나.

아무것도 모르는 채 황태자에게 먹이를 물어다 바치는 애송이 견습 기사가 아니라.

미약한 권력조차 쥐지 못하고 가문에서도 거의 절연당한 아렌트는 아무리 유능해 봤자 그저 황태자의 사냥개가 될 뿐이었다. 아주 가엾게도.

'공을 세운 게 이 아이가 아니었다면, 노이만 상단주도 광산도 모조리 황태자 전하의 손아귀 안에 고스란히 들어가지는 않았겠지.'

지금 황궁에 필요한 것은 균형이었다.

권력층은 황제에게 충성해야 하는 것도 사실이지만, 그들의 의무 중에는 황실을 견제하는 것도 있었다.

이런 비상사태에 가까워질수록 더욱 그래야만 했다.

황실이 잘못된 판단을 내리면 제국이 불바다에 휩싸일 테니까. 그렇게 되면 자신의 가문 역시 끝장이었다.

랜포드 후작은 결심을 굳히고 넌지시 말을 건넸다.

"자네가 모든 것을 포기할 각오만 있다면 집으로 돌아

갈 수 있도록 도와주지. 어떤가?"

이게 모두를 살릴 수 있는 최선이었다.

갈등하는 아렌트를 앞에 두고 후작은 만족스러운 미소를 띠었다.

한참 만에 아렌트가 겨우 대꾸했다.

"……생각해 보겠습니다."

"그래, 우리 자리를 옮겨서 이야기나 더 나누겠나? 그간 고충이 많았을 테니."

기사는 묵묵히 고개를 끄덕였다.

후작은 흡족하게 미소 짓고는 한 걸음 먼저 앞서서 걷기 시작했다.

그것이 랜포드 후작의 치명적인 실수였다.

제 뒤통수를 바라보는 아렌트의 입가에 피어난 사악한 미소를 미처 보지 못한 것이다.

* * *

"너, 직업 바꿔라. 사기꾼으로."

한참을 멍하니 듣기만 하던 칸타레스가 중얼거렸다.

이제 비밀 모임 장소 비슷하게 되어 버린 황태자의 연무장.

아렌트의 보고가 마무리됐을 쯤에는 칸타레스도 라이

오스도 반쯤 넋을 놓아 버렸다.

"그러니까…… 불쌍한 척을 했다고?"

"불쌍한 척이라뇨. 이런 건 연기라고 하는 겁니다."

아렌트가 어깨를 으쓱했다.

"목숨을 저당 잡힌 채 황태자가 시키는 대로 이리저리 휘둘리다가 지쳐 나가떨어지기 직전의 견습 기사. 딱 적당하지 않습니까?"

"신나서 날뛰는, 더럽게 말 안 듣는 견습 기사겠지. 네 단장 얼굴 좀 봐라. 조만간 위장에 구멍 뚫릴 것 같은데."

속이 썩을 수밖에. 말을 지지리도 안 듣던 골칫덩이 부하가 이제는 귀족들을 상대로 사기를 치고 다니는데.

"……괜찮습니다."

"약병 꺼내면서 그렇게 말해 봤자 신빙성이 없어, 라이오스 경."

"그것보다요."

묵묵히 위장약을 입에 털어 넣는 라이오스를 안타깝게 바라보던 칸타레스가 다시 고개를 돌렸다.

"뭐? 왜?"

"그 영감님, 우리 가문이랑 친해요?"

"에크하르트 백작가? 어느 정도 교류가 있다고는 하는데, 자세히는 모르지만 나보다는 랜포드 후작과 좀 더 친할걸."

"흐음."

애매한 소리를 낸 아렌트가 고개를 갸웃했다.

"요즘 백작님…… 그러니까 아버지는 뭐 하고 지내신대요?"

"네 아버지잖아. 왜 나한테 그런 걸 묻냐?"

"그리 살가운 부자지간은 아니라서요. 랜포드 후작님이 갑자기 언급하시기에 새삼 궁금해졌을 뿐입니다."

칸타레스가 슬쩍 미간을 구겼지만 아렌트는 그저 시큰둥하게 대꾸할 뿐이었다.

"아버지를 설득해서 백작가로 돌아갈 수 있도록 도와주겠다던데요. 생각해 보겠다고만 말했습니다만."

후작과 그런 대화를 나누다 보니 잠시 잊고 살던 설정 하나가 떠올랐다.

자신이 에크하르트 백작가의 차남이라는 것.

소설에서 에크하르트 백작가는 거의 나오지 않았다. 아렌트가 처형당한 뒤로는 아주 짧은 언급조차 없던 것으로 기억하니까.

그래서 이곳에 오기 전에 다시 방을 한바탕 뒤져 보았다. 혹여 백작가의 흔적을 찾을 수 있을까 하는 생각에서였다.

하지만 허탕이었다.

서랍을 죄다 꺼내 뒤집어도 에크하르트 백작가와 관련

있는 것은 전혀 찾아볼 수 없었다.

가족의 초상화는커녕 가문의 문양이 새겨진 물건이나 본가와 연락을 주고받은 편지 한 장조차 보이지 않았다.

교류가 끊어진 지 꽤 되었다는 뜻이었다.

칸타레스가 입을 비죽였다.

"하긴 네가 감옥에 처박혀 있을 때 코빼기도 안 비쳤던가. 역모에 휘말리고 싶지는 않을 테니 그때는 그럴 만하다고는 생각했지만."

자칫하다간 가문 전체가 사라질지도 모르는 일이니까.

하지만 지금은 상황이 달라졌다.

그런데도 아직 전혀 연락이 없다는 것은.

"아들 하나 없는 셈 치겠다는 거 아니겠어?"

"전하!"

칸타레스가 심술궂게 툭 내뱉은 말에 라이오스가 저도 모르게 소리쳤다. 하지만 정작 당사자인 아렌트는 아무렇지도 않게 어깨만 으쓱일 뿐이었다.

"아무래도 그런 모양이죠."

"……그렇지만 너구리 한 마리가 나섰으니 좀 달라질지도 모르지. 에크하르트 백작이 어떤 사람인지는 나보다 네가 더 잘 알겠지만……."

나름 회심의 일격이라고 날린 게 반응이 그다지 마음에 들지 않았는지 칸타레스가 입을 비죽이곤 말을 이었다.

"망나니 같은 아들은 외면해도, 그 아들이 가져다줄지도 모를 이득은 외면하지 않을 사람 같거든. 네 생각은 어때?"

"황태자 전하께서 그리 말씀하신다면 그런 거겠죠."

친부를 사이에 두고 어마어마한 말들이 오갔다.

라이오스는 뭐라 첨언하고 싶은 눈치였지만 그냥 입을 꾹 다물어 버렸다.

칸타레스는 모르는 척 화제를 돌려 버렸다.

"이제부터 어쩔 건데? 난 당분간 그냥 구경만 하면 되나?"

"일단은요. 지금은 제 차례도 아니니까 황태자 전하께서도 그냥 지켜만 보시면 됩니다."

지금 한 수를 둬야 할 사람은 아렌트도, 황태자도 아닌 랜포드 후작이었다.

"꽤 기대되네요. 그쪽이 어떻게 나올지."

퍽 가벼운 목소리가 흘러나왔다.

앳된 옆얼굴은 무슨 생각을 하는지 짐작할 수도 없이 무심하기만 했다.

* * *

랜포드 후작과의 면담은 단지 시작에 불과했다.

그 후 아렌트는 귀족들에게 심심찮게 불려 다니곤 했다.

랜포드 후작처럼 순찰 중에 슬그머니 말을 걸어오는 사람도 있었고, 때로는 시종을 시켜 차나 함께 들자며 전언을 보내기도 했다.

아렌트는 그 모든 요청을 거절하지 않았고, 라이오스 역시 제멋대로 나돌아 다니는 그를 굳이 저지하지 않았다.

그러니 조금 누그러졌던 제3기사단의 아렌트를 향한 시선들이 다시 사나워지는 것은 당연한 일이었다. 아렌트가 최근 만나고 다니는 이들이 황실과 대립하는 무리라는 것을 눈치챈 것이다.

그 사이에서 쩔쩔매게 된 것은 당연히 아서였다.

라이오스나 리히트에겐 쉽사리 말을 걸 수 없고, 아렌트와는 직접 말을 섞고 싶지 않으니, 자연스럽게 화살은 모조리 아서에게 향하게 된 것이다.

시도 때도 없이 선배들에게 시달리던 아서는 결국 등 떠밀리듯 선언하고 말았다.

"알겠습니다, 알겠다고요! 제가 지켜보겠습니다. 그러니까 사람 좀 그만 볶으십쇼!

솔직히 아서 역시 신경 쓰일 수밖에 없었다.

다른 기사들처럼 새삼 아렌트를 의심하는 건 아니었지만 적어도 뭔가 꿍꿍이가 있는 것은 확실해 보였으니까.

기회를 살피던 아서는 어느 날 아침, 단둘만 남은 기사단 연무장에서 아무렇지도 않은 척 슬그머니 떠보았다.

"랜포드 후작님이랑 무슨 이야기했냐?"

"딱히 별 이야기는 안 했는데요. 황태자 전하께 이리저리 끌려 다니는 꼴이 좀 안되어 보였던 모양이더라고요."

어깨를 빙글빙글 돌리며 아렌트가 시큰둥하게 대꾸했다.

"끌려 다닌다고? 네가? 끌고 다니는 게 아니라? 넌 양심이 있냐?"

"제 양심은 아주 건재하거든요. 뭐어, 사람들 눈에는 그렇게 보일 수밖에 없지 않을까요?"

"그건…… 그렇지."

선배고 단장이고, 심지어는 황태자까지 저놈을 감당 못한다는 건 직접 겪어 보지 못한 이상 짐작조차 못 할 테니까.

"그럼 다른 분들은?"

"다른 사람들도 딱히 별말씀은 안 하시던데요."

"너는 비위도 좋다…… 난 그 사람들이랑 밥 한 끼만 먹어도 속이 느글거릴 것 같은데."

아서가 질린 기색으로 툴툴거렸지만 아렌트는 그냥 어깨만 으쓱일 뿐이었다.

"나름대로 보람은 있어요. 이것저것 주워듣는 것도 많

거든요. 배울 것도 있고."

"보람 있다고?"

"황궁에만 처박혀 있다 보면 놓치게 되는 것들도 있잖아요."

"예를 들어서 어떤 거?"

"뭐…… 예를 들어, 사교계가 돌아가는 상황이라든가. 같은 편이라면서 서로 험담도 잘하시더라고요. 가만히 듣고 있으니 꽤 재밌던데."

제 잘난 맛에 사는 인간들은 조금 긁어 주기만 하면 금세 제 이야기를 술술 풀어낸다. 젊은이에게 자신의 모험담을 이야기해 주지 못해서 안달난 사람은 차고 넘치도록 있으니까.

쏟아 내는 말 중 태반이 자기 자랑이었지만, 그래도 그중 제법 유용한 정보도 얻을 수 있었다.

아서가 얼굴을 와락 구겼다.

"그렇게 가볍게 생각할 게 아니라고. 그 사람들이 네놈을 자꾸 불러내는 이유가 뭐겠냐? 어떻게든 꼬여 내려고 그러는 게 뻔한데 왜 자꾸 졸랑졸랑 쏘다녀?"

"잘 아니까 쏘다니는 거죠. 콩고물이라도 떨어질지 누가 알아요?"

"그게 지금 할 소리냐? 지금 뭐 하나 꼬투리 잡을 거 없나 하고 너만 쳐다보는 사람이 얼마나 많은데."

"눈을 못 떼겠대요? 하긴, 제가 좀 잘생기긴 했죠."
"아오, 진짜!"
결국 아서가 복장을 터뜨리려는 찰나, 연무장 입구 쪽에서 인기척이 느껴졌다.
두 사람의 대화가 자연스럽게 끊어졌다.
"아렌트 경, 계십니까?"
"뭐야. 또 어쩐 일이야?"
까치발을 하고서 연무장 안쪽을 기웃대는 시튼이 보였다.
아렌트는 손짓으로 그를 가까이 불러들였다.
화를 낼 타이밍을 놓쳐 버린 아서는 쯧, 혀를 차고는 괜히 머리만 벅벅 긁었다.
"시튼이랬나? 너 요즘 자주 보이네. 또 교대해서 온 거야?"
"하하…… 네, 부끄럽지만요."
아서의 물음에 쑥스럽게 웃은 시튼이 아렌트를 향해 가지고 온 편지를 내밀었다.
"아렌트 경, 편지 가지고 왔습니다!"
"그냥 생활관에 둬도 되는데 뭐 하러 여기까지."
"시급한 사항이라고, 반드시 직접 전해 드리라는 표시가 붙어 있었습니다!"
초롱초롱 눈을 반짝이며 시튼이 대답했다.

그 말대로 봉투에는 빨간색으로 급보 표시가 되어 있었다.

아렌트는 받아 든 편지를 앞뒤로 꼼꼼히 살펴보다 눈을 조금 크게 떴다.

"어?"

"뭔데 그래? ……엥?"

호기심에 어깨너머로 슬쩍 편지를 확인한 아서 역시 얼 빠진 소리를 냈다. 봉투에 선명하게 찍힌 에크하르트 백 작가의 문장을 발견한 거였다.

"뭐, 뭐야. 본가에서 보낸 거야?"

"그런 모양이죠."

눈을 끔뻑이던 아서가 당황해 묻자 아렌트가 덤덤하게 대답했다.

봉인을 뜯고 편지를 펼치자 값비싼 잉크 특유의 향이 은은하게 코끝을 간질였다. 은은한 미색을 띠는 매끄러운 종이는 척 봐도 최고급품이었다.

아서는 실례인 것을 알면서도 호기심을 참지 못해 함께 편지 내용을 확인했다.

그리고 잠시 후…… 아서가 얼굴을 와락 일그러뜨렸다.

"뭐야, 이게. 지금껏 내버려 둬 놓곤 이제 와서 무슨 개소리야?"

성난 목소리를 흘려들으며 아렌트는 멀뚱멀뚱 눈을 끔뻑였다.

편지 내용은 지나칠 정도로 간결했다.

정리하고 본가로 돌아와라.
답신 기다리겠다.

그 아래에는 에크하르트 백작의 멋들어진 서명까지 새겨져 있었다.
'아렌트 놈의 초기 설정이······.'
돈 많은 명문 귀족가에서 곱게만 자라 평민을 경멸하고, 급기야는 몰락 귀족 출신인 라이오스 단장까지 무시하며 제멋대로 굴어 대는 도련님이었던가.
하지만 아무래도 그게 다는 아닌 모양이었다.
'이 백작이라는 인간도 애 성격 버리는 데 한몫한 것 같은데.'
죽네 사네 할 때는 그저 방치하다가 지금 와서 돌아오라는 명령조의 편지 한 장이라. 아무리 아들이 감당 못 할 사고를 치고 다녔다고 해도 이건 좀 정도가 심했다.
'랜포드 후작이 내어 놓은 수가 이건가.'
에크하르트 백작을 언급할 때부터 대충 짐작은 했지만.
가족 간의 정이라고는 눈곱만치도 느껴지지 않는 글씨를 물끄러미 내려다보던 아렌트는 괜히 앞머리를 긁적였다.

"거참, 귀찮게 하네."

"……야, 어쩔 거야?"

괜히 눈치를 살피던 아서가 조심스럽게 물었다.

아렌트는 그에게 대꾸하는 대신 곧장 행동으로 보여 주었다.

부욱. 북.

편지를 냅다 찢어 버린 것이다.

순식간에 형체도 알아볼 수 없을 정도로 조각나 버린 종이를 보며 아서와 시튼이 입을 쩍, 벌렸다.

"아, 아……."

"야, 이 미친놈아! 지금 무슨 짓을 하는 거야?"

"재수 없게. 안 그래도 바빠 죽겠는데 누구한테 명령이야."

악을 쓰던 아서는 뒤이어진 아렌트의 목소리에 탁, 맥이 풀리고 말았다.

하긴 저 자식에게 명령을 내릴 수 있는 사람은 아무도 없었다. 단장이든 황태자든, 그게 아버지라고 해도 크게 다르지 않은 듯했다.

아렌트는 멍하니 선 시튼의 손에 조각난 편지를 쥐여 주었다.

"자, 답신."

"예, 예? 하지만……."

얼떨결에 종잇조각을 한 움큼 쥐게 된 시튼이 울상을 지었지만 아렌트는 전혀 아랑곳하지 않았다.

"그냥 버려. 뭣하면 새로 봉투에 넣어서 에크하르트 백작가로 보내든가."

"예에에?"

"아니면 소문을 내. 아버지가 직접 보낸 편지를 아렌트 폰 에크하르트 경이 불같이 화내면서 갈기갈기 찢어 버렸다고."

하지만 화냈다고 말하는 아렌트의 표정은 평소와 다를 게 하나도 없어 보였다. 차분한 얼굴은 오히려 조금 차갑게 식은 것 같기도 했다.

이러지도 저러지도 못하던 시튼은 거의 등이 떠밀리듯 연무장을 떠났다.

아서는 터덜터덜 멀어지는 소년의 뒷모습을 멍하니 바라보았다.

"이거 또 난리 나겠네…… 이래도 괜찮은 거야? 진짜?"

"안 될 건 또 뭐 있어요? 답답한 사람이 직접 찾아와야지."

아렌트는 태연하게 어깨를 으쓱이고는 뒤로 몇 발짝 물러섰다.

"선배, 이왕 온 김에 상대나 좀 해 주세요. 요새 여기저기 끌려 다니느라 몸도 제대로 못 풀었으니까."

더럽게 말 안 듣는 견습 기사 〈125〉

"하아…… 난 진짜 너란 놈을 모르겠다……."

커다랗게 한숨을 푹 내쉬면서도 아서는 어쩔 수 없이 목검을 들어 아렌트에게 휙 던져 주었다.

위태위태하긴 하지만 그래도 평소와 그리 다를 바 없는 낯이었다.

* * *

그날 오후. 잠깐 외출에 나섰던 아렌트는 두꺼운 서류 뭉치 하나를 들고서 복귀했다.

제 방에 곧장 틀어박힌 아렌트는 침대에 푹 기대앉아 서류를 펼쳤다.

"길 찾느라 괜히 시간 낭비만 했네."

제 아버지에 대해 캐묻고 다니다간 의심의 시선을 피할 수 없을 것 같아서, 노이만 상단주를 통해 소개받은 정보상에 다녀오는 길이었다.

혹시 누가 알아보기라도 할까 봐 로브를 뒤집어쓰고 머리부터 발끝까지 꽁꽁 싸매는 수고까지 해야 했다.

그런 귀찮음까지 감수한 까닭은.

'앞으로 변수가 될 수도 있으니까.'

팔락, 아렌트는 서류를 펼쳐 눈으로 대강 훑었다.

간단히 베낀 초상화가 첫 페이지를 채우고 있었다.

'안 닮았네.'

선이 가는 아렌트와는 달리 단단하고 넓은 어깨를 가진 남자였다. 붉은색 머리칼과 회색빛 눈동자를 가진, 이목구비가 뚜렷한 미남이었지만 닮은 구석은 좀처럼 찾아보기 힘들었다.

그나마 비슷하다고 말할 수 있는 것은 차가운 인상과 굳게 다문 입술 사이로 드러나는 고집 정도일까.

이름은 스펜서 폰 에크하르트.

작위는 백작.

자신의 영지에서 주로 생활하고 있었다.

영지가 제국 중심부에서 타국으로 나가는 길목에 위치한 덕에 백작은 무역 사업으로 꽤 큰돈을 벌어들였다.

그런 간단한 설명 아래에는 소속 상단의 이름이 줄줄이 쓰여 있었으나 아렌트는 그냥 넘겨 버렸다.

젊은 나이에 결혼했지만 백작 부인은 일찍이 사망하고, 그 뒤로 재혼도 하지 않은 채 영지를 운영하는 데만 집중해 온 모양이었다.

장남은 아카데미를 졸업한 뒤 백작 곁에서 일을 도우며 이따금 백작을 대신해 황성을 오가는 듯했다.

'황궁으로 나온 건 아렌트…… 그러니까 나뿐인가?'

몇몇 귀족들과는 무역 건으로 친분을 다진 모양이었다. 황실과는 수입 품목이나 교역 루트 때문에 이따금 마찰을 빚어 그리 우호적인 관계는 아닌 모양이었다.

엄청 날을 세우는 관계도 아니었지만.

덧붙여 현 제국 황실과 귀족들 설을 풀어 보자면······ 황제는 아직 건재하고, 황위 계승자는 오직 칸타레스뿐이었다. 그런데도 귀족들이 이리 분열한 것은 선황과 현 황제가 고수한 중립 정책 때문이었다.

제국은 계속 평화로웠고, 그러니 현 황제가 귀족들을 자유롭게 풀어 둔 것은 이상한 일이 아니었다. 그러다 귀족들의 방종이 심해지며 하나둘 문제가 불거지기 시작한 것.

그때 나선 것이 바로 칸타레스였다.

갑자기 권력을 틀어쥔 황태자가 황권을 강화하기 시작하자 귀족들은 당연히 반발했다.

그러면서 자연스레 황제의 충직한 수하를 자처하는 이들과, 황실의 감시자 겸 경쟁자 입장을 고수하는 측으로 파벌이 갈렸다.

'에크하르트 백작은 후자에 속하고.'

그런 와중에 아렌트가 황실 기사단에 입단한 것도 제법 의미심장했다.

검술 재능을 펼치기에는 황실 기사단만한 곳이 없는 것도 사실이니 너무 과하게 의미 부여를 하는 걸지도 모르지만.

잠깐 머리를 굴려 보던 아렌트는 이내 서류를 탁, 소리 나게 덮어 버렸다.

'조만간 알게 되겠지.'

지금 머리를 굴려 봤자 의미 없었다. 직접 눈으로 확인하지 않는 이상 뭐든 단순히 추측에 불과하니까. 우선은 정확하게 상황을 파악해야 했다.

새하얀 머리칼 끝을 만지작거리며 고민하던 아렌트가 슬쩍 입꼬리를 올렸다.

'그래도 만에 하나의 경우에는.'

애송이 기사를 대신해 미운 아버지한테 한 방 먹여 주는 것도 나쁘지 않을 것 같았다.

3장. 더럽게 말 안 듣는 아들

더럽게 말 안 듣는 아들

'참 인상이 묘한 청년이지.'

건너편의 빈 의자를 물끄러미 내다보던 랜포드 후작은 얼마 전 저 자리에 앉아 있던 아렌트 폰 에크하르트를 떠올렸다.

나이를 생각하면 표정 관리가 상당히 능숙하다며 칭찬해도 될 터였다. 하지만 마음속 깊은 불안까지 숨기기에는 아직은 경험이 부족한 모양이었다.

찻잔을 가만히 쓰다듬거나, 습관처럼 시선을 살짝 피하고, 대화를 나누다가도 이따금 망설이는 모습을 보였다.

그런데도 대화를 거듭할수록 그저 그런 애송이가 아님을 깨닫게 된 것은, 그렇게 동요를 내비치면서도 침착함만은 잃어버리지 않는 모습 때문이었다.

'제 행동에는 부끄러움이 없다는 건가.'

이래저래 사고를 치고 다녔다고는 해도 그것 역시 적들 틈을 파고들려는 목적이었다, 라는 이야기도 도는 것 같았다.

이미 다 지난 일이니 진실은 오직 그만이 알 테지만, 랜포드 후작은 그 이야기에도 제법 신빙성이 있다고 여겼다. 직접 본 아렌트는 예민하고 날카롭기는 하나 아무 계획 없이 움직이는 애송이처럼 보이지는 않았으니까.

그는 아렌트와 나눈 대화를 상기했다.

제 공을 칭찬하는 말에 아렌트는 단지 퉁명스레 대꾸할 뿐이었다.

"해야 하니까, 그리고 할 수 있으니 했을 뿐입니다."

돌이켜 보면 헛웃음이 나올 정도로 건방진 한마디였지만, 그 이상의 대답도 없었다.

솔직히 지금은 이해할 수 있었다. 어째서 황태자가 아렌트를 자신의 곁에 묶어 두고 있는지.

그만큼 탐나는 인재였다.

다른 이들도 같은 생각인 듯했다.

처음에는 후작이 따로 자리를 마련하겠다고 해도 꺼려 하던 이들이, 지금은 앞다퉈 아렌트를 불러내고 있다는 소식을 들었다.

'자신의 편을 들어 줬으면 하는 거겠지.'

건방지고 버르장머리 없는 것치고 아렌트 폰 에크하르트는 생각보다 괜찮은 대화 상대였다.

처음에는 회유나 해 보자는 식으로 불러냈지만, 정신을 차려 보면 어느새 자신의 이야기를 풀어놓게 되는 것도 한두 번이 아니었다.

게다가 아렌트가 제 속내를 드러낸 것은 랜포드 후작과 처음 대화를 나눈 그때뿐이었다.

백작가로 돌아갈 수 있도록 도와주겠다, 황태자 전하께 지나치게 시달리지 않도록 중재해 주겠다…… 이런 제안들에도 아렌트는 생각해 보겠다는 말만 남길 뿐, 확답은 주지 않았다.

덕분에 귀족들은 슬슬 애가 타고 있었다.

'길들이기 힘든 야생 고양이를 달래는 것 같군.'

랜포드 후작은 저도 모르게 헛웃음을 지었다.

하지만 거리감은 확실히 좁혀지고 있었다. 지금까지 만나자는 청을 단 한 번도 거절하지 않은 것을 보니, 아렌트 역시 싫지는 않은 눈치였고.

지금에야말로 쐐기가 필요했다.

오늘 특별히 모신 손님이 그 역할을 해 줄 것이라 랜포드 후작은 믿어 의심치 않았다.

더럽게 말 안 듣는 아들 〈135〉

톡.

약간의 무료함을 느낀 후작의 손가락이 의자 팔걸이를 가볍게 두드렸다. 마침 그때 똑똑, 짧은 노크가 들려왔다.

"들어오게."

"실례하겠습니다."

차분한 목소리가 바깥에서 들려왔다.

달칵.

문이 열리고 장신의 남자가 성큼성큼 응접실 안으로 들어섰다.

랜포드 후작이 몸을 일으켜 그를 맞이했다.

"어서 오게, 에크하르트 백작."

"오랜만에 뵙습니다."

표정 하나 변하지 않은 채 에크하르트 백작이 딱딱하게 대답했다.

정말 지독히도 닮은 점이 없는 부자지간이지만, 저 싸늘한 음성만큼은 아들이 아버지를 쏙 빼닮았다 말해도 괜찮을 것 같았다.

랜포드 후작은 자신의 맞은편에 자리를 잡고 앉은 에크하르트 백작을 물끄러미 응시했다.

그의 단단한 어깨가, 기사치고는 체구가 작은 아렌트와 유난히도 비교되어 보였다.

이따금 얼굴을 마주할 때마다 느끼는 거지만 참으로 차가운 인상의 남자였다. 마치 얼음으로 벼린 검처럼, 감정이라고는 전혀 느껴지지 않는 싸늘한 눈동자는 북풍한설이 깃든 것 같았다.

"일부러 황성까지 오느라 고생이 많았겠군."

"아닙니다. 고생이랄 것까지는."

"아르크스 군은 함께 왔나?"

"예, 수행원 겸해서 데려왔습니다."

"두 아들이 모두 영특해서 좋겠어. 아직 젊은데도."

에크하르트 백작이 담담하게 대꾸했다.

"과한 말씀이십니다."

"요즘 영지는 좀 어떤가?"

"별다를 건 없습니다. 단지 얼마 전, 노이만 상단 소속 사람이 사업차 잠깐 영지를 방문했습니다."

"그랬군. 그렇다면 분명 자네 차남 이야기도 들었겠지. 노이만 상단 쪽은 모두 아렌트 경에게 아주 호의적이라네."

랜포드 후작이 아무렇지도 않게 건네는 말에 에크하르트 백작의 얼굴이 딱딱하게 굳었다.

마침 그때 똑똑, 노크하며 조심스럽게 문을 연 집사가 두 사람 앞에 차와 다과를 내려놓고 물러났다.

후작이 따뜻한 찻잔을 들며 덧붙였다.

"나 역시도 백작의 차남과 몇 번 대화를 나눠 봤다네. 아주 재미있는 청년이더군."

"……사정은 서면으로 들었습니다. 후작님께서 보내신 편지도 잘 읽었습니다."

잠깐의 틈 뒤, 에크하르트 백작이 입을 열었다.

"무슨 일이 벌어지는지 솔직히 저로서는 잘 이해가 가지 않습니다."

"그럴 테지. 그 마음도 어느 정도 이해하네."

의자에 천천히 몸을 기대며 랜포드 후작이 느긋하게 말을 이었다.

"하지만 이미 다 벌어진 일이야. 황태자 전하께서도 이제 아렌트 경을 신임하시더군. 노이만 상단주는 자네 아들 말이라면 죽는 시늉도 할 기세야."

노이만 상단주는 두 번이나 도움을 받았으니 당연한 일이었다. 하지만 제 아들이 해낸 일을 에크하르트 백작이 쉽게 받아들일 수 있을 리 없었다.

"솔직히 이런 말씀드리기 부끄럽습니다만……."

잠깐 틈을 들이던 에크하르트 백작이 살짝 입술을 깨물었다.

"검에 재능이 있다고 하지만, 할 줄 아는 거라고는 아무것도 없는 놈입니다. 어른과는 제대로 눈도 못 맞추는 주제에 패악만 부리는 한심해 빠진 녀석이고요."

"어쩌면 그랬을지도 모르지. 하지만 이미 지난 일이야. 내가 본 아렌트 경은 그렇지 않았네. 물론 예민하고 신경질적인 면은 있었지만 황태자 전하의 눈에 들 만도 하더군."

랜포드 후작은 달래듯 부드러운 어조로 말을 이어 나갔다.

"역모죄 때문에 아직 아렌트 경을 완전히 믿지 않는 중신들도 제법 있어. 하지만 그도 곧 사라지겠지."

"……."

하지만 에크하르트 백작은 여전히 아무런 반응도 없었다. 그저 눈을 살짝 내리깔고 찻잔을 내려다볼 뿐이었다.

"누구나 한 번 정도는 철없는 어린 시절이 있는 법이지. 보아하니 아렌트 경은 이제야 길고 긴 사춘기가 끝난 것처럼 보이네."

후작은 그렇게 말을 끝내고 차를 들어 입을 축이며 백작에게 잠시 시간을 주었다. 모름지기 대화에는 이런 편안한 침묵도 필요한 법이니.

한참 만에 에크하르트 백작이 입을 열었다.

"어처구니가 없을 지경입니다. 그 애를 설명하는 데에 이렇게 많은 찬사가 필요하다니."

"정작 본인은 그런 찬사에 별로 연연해하지 않는 모양이더군. 훌륭한 청년이야."

차로 계속 목을 축이며 랜포드 후작이 대답했다.

"후작님이 본 그 녀석은 그랬던 모양이군요. 제 앞에서는 그저 추한 모습만을 보였을 뿐입니다."

"……."

"그러다가 기사 아카데미에 입학한 뒤로는 영지로 돌아오지도 않았습니다. 황궁으로 들어간 뒤에는 완전히 왕래가 끊겨 버렸지요."

백작은 그 말을 끝으로 입을 닫아 버렸다.

결국 이번에도 랜포드 후작이 먼저 화제를 꺼냈다.

"부자간의 사이에 끼어들 생각은 없네만, 그래도 풍문으로 들려오더군. 자네가 아렌트 경에게 먼저 연락을 취했다고."

"예, 그랬습니다. 하지만 답은 오지 않았습니다."

그 순간 에크하르트 백작의 미간이 구겨졌다.

"건방진 놈 같으니."

랜포드 후작은 내심 놀랄 수밖에 없었다. 감정을 잘 드러내는 법이 없는 백작이 한순간의 분노를 삼키지 못해 작은 소리로 으르렁댔으니까.

"황궁에 들어오자마자 수군대는 소리가 들려오더군요. 편지를 그 자리에서 찢어 시종에게 건네줬다고. 후작님께서도 아셨습니까?"

"나도 들었네."

후작이 고개를 끄덕이자 백작이 눈에 가득 노기를 담아 찻잔을 노려봤다.

"더 이상 풀어 두어선 안 된다고 생각했으니까요. 영지 구석에 처박아 두고 좋아하는 술이나 실컷 퍼마시게 내버려 두는 편이 나을지도 모릅니다."

말을 쏟아 내던 에크하르트 백작은 자신의 실수를 깨닫고는 멈칫했다.

"……실례했습니다."

"괜찮네. 감정의 골이 그렇게까지 깊을 줄은 몰랐군."

퍼뜩 정신을 차린 랜포드 후작이 짧게 한숨을 내쉬었다.

단어를 고르는 잠깐의 틈 뒤, 상당히 솔직한 한마디가 흘러나왔다.

"미안하지만 아렌트 경은 아직 영지로 돌아가서는 안 되네."

"어째서입니까?"

"황태자 전하께서 아렌트 경을 번견처럼 부리고 있어. 그래서 나는 황태자 전하께서 쥐고 계신 목줄을 잘라 버릴 생각이었네. 자네에게 돌아갈 수 있도록."

그 목줄이라 함은 즉결 처분이 가능한 팔찌를 일컫는 거였다.

"하지만 지금은 생각이 조금 바뀌었어. 나는 아렌트 경을 내 사람으로 품고 싶네."

"……."

"백작, 자네의 말대로 그는 사고뭉치야. 지독히 말 안 듣는 망아지보다 다루기 까다롭고, 걸핏하면 주인의 손을 물려고 이빨을 드러낼지도 모르지."

가만히 제 말을 듣기만 하는 에크하르트 백작을 마주 보며 랜포드 후작이 진지하게 덧붙였다.

"하지만 그걸 모두 감안하고서라도 아렌트 경은 탐나는 인재일 수밖에 없어."

"도대체 어떤 점이 그렇습니까?"

"그가 황태자 전하께 안겨 드린 것들, 그걸로 충분하지 않나? 황태자 전하께서도 쉽게 그를 놓아주지는 않으실 걸세. 그의 목숨이 황태자 전하와 라이오스 경께 달려 있다는 점도 잊지 말고."

뭐라 반박하려던 에크하르트 백작은 그만 입을 다물어 버렸다.

"그리고 아렌트 경은 그런 상황에 꽤 지친 기색이더군. 잘 구슬리면 될 걸세. 이미 우리 말에 귀 기울이기 시작했어. 지금 우리의 마지막 희망이 그라는 사실도 잊지 말고."

"하아……."

에크하르트 백작은 관자놀이를 꾹 짚으며 한숨을 내쉬었다.

마지막 희망이라.

극단적인 표현이었지만 이해 안 가는 것도 아니었다. 단지 그 말이 아렌트에게 향했다는 점이 참담할 뿐이었다.

조만간 황태자가 귀족들을 향해 칼날을 겨눌 것이다.

그리그 전 후작이 일으킨 사건부터 은근하게 흐르던 불온한 공기는 얼마 전, 황태자가 직접 입 밖으로 꺼낸 포고령으로 슬슬 현실성을 띠기 시작했다.

자칫하다간 자신들이 표적이 될지도 모른다는 생각에 점차 초조해진 것이다.

게다가 최근 황태자는 적을 추적하다 막대한 이득을 손에 넣었다. 그것 하나만으로도 그들에게는 충분한 위협이었다.

제 이득을, 그리고 자신의 정치적 신념을 좇아 황태자의 경쟁자를 자처한 그들이었으니까.

그런 상황에서 만약 아렌트가 귀족들 편으로 돌아선다면 손에 넣을 수 있는 이득은 막대했다.

우선 노이만 상단과 우호적인 관계를 맺을 수 있을 테니까. 그리고 잘만 하면 황태자의 수사망에서 벗어날 수 있을지도 모르고.

유감스럽게도 에크하르트 백작 역시 그 이득을 쫓아야 하는 이들 중 한 명이었다.

"제가 뭘 하면 되겠습니까?"

"우리가 나서서 설득했지만, 아직은 아렌트 경에게서 확답을 듣지 못했어. 그래서 자네가 직접 나서 줬으면 해."

에크하르트 백작은 시선을 아래로 내리깔았다. 누가 보아도 내키지 않는다는 기색이었다.

잠시 후, 그는 눈을 지그시 감으며 천천히 한숨을 내쉬었다.

"……알겠습니다. 제가 이야기해 보겠습니다."

* * *

다음 날.

기사단의 하루 일과가 끝날 무렵의 오후, 생활관으로 예기치 못한 손님이 찾아왔다.

방으로 돌아왔다가 설렁설렁 연무장으로 향하려던 아렌트는 입구 쪽이 소란스러운 것을 발견하고는 걸음을 멈췄다.

기사들이 입구를 막고 웅성대고 있었다.

마침 뒤에서 기척을 느끼고 고개를 돌린 라이더가 아렌트를 발견하고는 엇, 소리를 냈다.

"아렌트?"

"……뭡니까?"

아렌트는 인상을 팍 쓰며 그들에게 다가갔다. 그러자 구름처럼 몰려 있던 기사들이 슬금슬금 뒤로 물러나기 시작했다.

그제야 기사들이 둘러싸고 있던 사람이 눈에 들어왔다.

대부분 체격이 좋은 기사들 틈에 있어도 꿀릴 것이 없는 장신의 남자였다. 검붉은 머리칼은 단정하게 정리되어 있었고, 짙은 눈동자에서는 무뚝뚝함이 느껴졌다.

분명히 처음 보는 남자였다.

그런데…….

'왜 기시감이 느껴지지?'

멍하니 눈을 끔뻑이던 아렌트는 곧 그 남자가 자신을 똑바로 쳐다보고 있음을 깨달았다.

그뿐만이 아니었다.

삼삼오오 모였던 기사들 역시 제각기 낭패라거나 당혹스럽다는 빛을 띠고 아렌트와 남자를 번갈아 보고 있었다.

그런 상황에서 아렌트가 입 밖으로 내뱉을 수 있는 말은 딱 한마디뿐이었다.

삐딱하게 서서 살짝 눈을 치켜뜬 채 더없이 싸가지 없는 말투로.

"잘생긴 사람 처음 보십니까?"

……라고.

소란스럽던 분위기를 단박에 잠재우는 마법의 한마디였다. 기사들의 얼굴이 처참하게 일그러지고, 방문객 역시 낯을 딱딱하게 굳혔다.

라이더가 얼굴을 쓸어내리며 모두의 심정을 대변했다.

"……저 또라이 새끼."

"뭔데요? 왜 이러고 있는데?"

아렌트는 주머니에 손을 푹 쑤셔 넣고는 어슬렁어슬렁 그들에게 다가갔다. 그 순간에도 방문객은 아렌트에게서 눈을 떼지 않았다.

기사들이 주춤주춤 물러나고 낯선 남자는 꼿꼿이 서 있으니, 자연스레 아렌트는 그와 똑바로 마주 보고 서는 모양새가 되었다.

20대 중후반쯤 되었을까, 라이오스와 칸타레스보다는 어려 보이는 얼굴이었다.

남자 쪽이 아렌트보다 훨씬 장신이라 자연스럽게 올려다보아야 했는데, 그 면상을 가만히 보고 있자니 어째서인지 위장이 뒤틀리는 기분이었다.

그때 남자가 드디어 입을 열었다.

"이제는 형이라고 부르지도 않겠다는 거냐."

"아……."

그제야 아렌트는 얼마 전 자료에서 본 에크하르트 백작의 초상화를 기억해 냈다. 그러고 보니 그때 본 초상과 상당히 닮아 있었다.

'아르크스 폰 에크하르트랬나?'

소설에서도 나오지 않았던 미지의 인물이었다.

아렌트는 뒷머리를 벅벅 긁었다.

"새삼 반가워할 만큼 살가운 사이는 아니었던 것 같습니다만. 혹시 서운하십니까?"

퉁명스러운 한마디에 주변의 기사들이 기겁하는 게 느껴졌다. 아르크스의 얼굴 역시 더욱 딱딱하게 굳었다.

"선배들도 제 손님이 왔으면 그냥 불러 주시면 될 것을, 왜 그 난리를 치십니까? 채신머리없이."

"넌 말을 해도 꼭……!"

"쓸데없이 소란 피우지 마라."

그때 기사들 사이에서 불쑥 리히트의 목소리가 들려왔다.

막 화를 쏟아 내려던 라이더가 멈칫하고 뒤로 물러섰다.

성큼성큼 다가온 리히트가 아렌트, 그리고 아르크스 앞에 섰다.

"분명 입구에서 저지했을 텐데 제법 억지를 부리신 모양입니다, 공자님. 입구에서 방문 목적을 말씀해 주셨다면 아렌트에게 전언이 갔을 텐데요."

"죄송합니다. 하지만 이렇게까지 하지 않으면 동생을 만나 볼 수 없을 것 같아서."

아르크스가 담담하게 대꾸했다.

"일전에 아버지가 보내신 서신도 찢어 버렸다고 들었습니다. 시종을 시켜 방문 의사를 알리면 벌써 도망쳤을 테지요."

"부름에 응할지 말지 정하는 것은 아렌트 경의 몫이라고 생각합니다만."

그에 따라 리히트의 목소리도 살짝 낮아졌다.

아렌트는 한숨을 푹, 내쉬며 손을 휘휘 내저었다.

"됐어요, 선배. 어쩐 일이십니까? 물으나 마나인 것 같지만."

"아버지가 잠깐 보자고 하셨다."

"이렇게 갑자기요? 저한테는 한마디 상의도 없이. 제게 어떤 일정이나 선약이 있다면 어쩔 셈이십니까?"

"상대방에게 양해를 구하는 수밖에."

"아하, 제 양해는 필요 없단 말씀이시군요."

아렌트가 심드렁하게 대꾸하자 아르크스의 미간이 살짝 찌푸려졌다.

'아렌트'라는 캐릭터의 해석을 조금 수정할 필요가 있어 보였다.

좋은 집안에서 오냐오냐 큰 바람에 버르장머리가 없어진 도련님이 아니라…… 집안에서 가족이란 작자들이 살살 긁어 대는 바람에 타고난 성질머리가 더욱 더러워진 녀석쯤으로.

"여전하구나, 너는."

그럼, 누가 연기하고 있는데.

주머니에 손을 푹 꽂아 넣은 아렌트가 일부러 고개를 갸웃했다.

"사람이 그리 쉽게 바뀔 줄 아셨습니까? 어쩔까요. 이다음에 아서 선배랑 같이 수련하기로 약속한 것 같기도 하고, 아닌 것 같기도 하고."

조롱하려는 의도가 명확했다.

아르크스가 얼굴을 확 구기자 아렌트가 먼저 선수를 쳤다.

"형님이 무슨 말씀을 하고 싶으신지 모르겠습니다만, 지금 언짢아야 하는 사람은 형님이 아니라 접니다. 막무가내로 밀고 들어온 건 바로 형님이니까요."

"뭐?"

"만나고 싶지 않다는 의사 표현은 이미 충분히 했던 것 같습니다만. 제가 일곱 살짜리도 아니고, 오라 하면 오고 가라 하면 갈 줄 알았습니까?"

건성건성 대꾸하던 아렌트의 분위기가 순식간에 돌변

했다. 얼음장같이 차가운 눈동자에 아르크스는 순간 할 말을 잃어버리고 말았다.

 문득 아렌트가 아버지의 편지를 갈가리 찢어 버렸다는 것이 떠올랐다. 그가 말하는 의사 표현이 아마 그것이겠지.

 갑자기 살벌해지는 분위기에 기사들이 슬금슬금 서로 눈치를 보기 시작했다.

 아렌트는 입을 꾹 다물고 아르크스를 새파랗게 쏘아보았고, 말문이 막힌 아르크스는 그저 입술만 달싹일 뿐이었다.

 '설마 반격당할 거라고는 생각도 못 한 모양인데.'

 곤혹스러운 티를 낼지언정 여기에서 무례하다거나 감히라는 말 따위를 꺼내지 않는 것을 보니 그리 멍청한 녀석은 아닌 모양이었다.

 아렌트가 순순히 끌려 나갔다면 한순간의 해프닝으로 끝났을 일이지만, 본인이 정색하고 잘잘못을 따지자면 변명의 여지가 없었으니까.

 일단 탐색은 이 정도면 충분한 것 같고.

 아렌트는 주머니에서 손을 빼고 어깨를 으쓱했다.

 "말싸움은 이 정도로 해 두죠. 아버지께서 부르신다니 안 가 볼 수도 없는 노릇이고."

 "뭐?"

당황한 소리는 기사들 쪽에서 튀어나왔다. 리히트 역시 살짝 눈썹을 치켜올렸다.

"거절하는 것 아니었나?"

"다녀오겠습니다. 외출 허가는…… 마침 리히트 선배가 여기 계시니 라이오스 단장님께 전달해 주시면 되겠네요."

툭, 하고 제 어깨를 가볍게 쳐 오는 손길에 리히트는 짧게 한숨을 내쉬며 고개를 끄덕였다.

"알겠다. 너무 늦지 않게 돌아오도록."

그 말에는 대꾸하지 않고 아렌트는 한발 먼저 생활관을 훌쩍 나가 버렸다. 아르크스는 여전히 그 자리에 못 박힌 듯 서서 멀어지는 뒷모습을 딱딱하게 굳은 얼굴로 응시할 뿐이었다.

리히트가 그에게 말을 걸었다.

"공자님, 한 번의 무례는 실수로 받아들이겠습니다. 하지만 다음부터는 조심해 주셨으면 합니다."

"……예, 죄송합니다."

잠시간 뜸을 들이던 아르크스는 담담하게 사과한 뒤 기사들을 향해 꾸벅 고개를 숙였다. 그러고는 저벅저벅 걸음을 옮겨 아렌트 뒤를 따라 생활관 밖으로 나섰다.

쿵.

문이 닫히고, 두 사람이 완전히 사라진 뒤에 라이더가

아득하게 중얼거렸다.

"이게 무슨 난리랍니까……?"

그 말에 대답해 줄 수 있는 사람은 아무도 없었다.

* * *

아르크스는 앞질러 걸음을 옮기면서도 입을 꾹 다문 채 단 한마디도 하지 않았다. 아렌트 역시 뒤따라 걸으면서 넓은 등을 물끄러미 응시하기만 할 뿐이었다.

아무래도 생각했던 것보다 훨씬 복잡한 사연이 있는 모양이었다.

솔직히 좀 성가셨다.

애초에 이쪽 세계로 오기 전에도 혼자 지낸 시간이 훨씬 더 길었던 그였다. 그런데 새삼 이런 귀찮은 혈연관계에 엮이게 되다니.

'상당히 고압적인 태도를 보였지.'

아들을 보면 부모도 어느 정도 짐작할 수 있다고 했던가. 에크하르트 백작이 평소 아렌트를 어떻게 대했는지 충분히 예상할 수 있었다.

이쯤 되면 그 에크하르트 백작이라는 사람이 어떠한지 궁금해질 지경이었다.

"……동료들과는 잘 지내는 모양이군."

그때, 묵묵히 걷던 아르크스가 툭 한마디를 던졌다. 아까 일을 두고 하는 말이었다.

"그럴 리가요. 다들 절 갈아 마시지 못해서 안달 난 인간들인데."

"내 눈에는 그렇게 보이지 않았다만."

"그렇다면 형님 눈이 삔 겁니다."

그제야 아르크스가 힐끗 아렌트를 곁눈질했다.

아렌트는 그 시선을 피하지 않고 덧붙였다.

"하지만 자식이 지하 감옥에 처박히든 말든 눈 하나 깜빡하지 않는 아버지보다는 낫지 않을까요?"

"그건 네가 경거망동한 결과다. 아버지가 책임지셔야 하는 부분은 더더욱 아니지."

"경거망동하면 보통 주먹질이라도 해서 제정신 차리도록 만들어야 하는 게 부모 아닙니까?"

마치 남 일을 이야기하듯 아렌트가 바로 대응했다. 그러자 아르크스는 우뚝 걸음을 멈추고 뒤를 돌아보더니, 분노 어린 목소리로 그가 쏘아붙였다.

"아버지를 거역하고 집안을 뛰쳐나간 건 너다. 이제 와서 그런 말을 하다니 염치가 없군."

"딱히 원망하지는 않습니다. 그런 걸 바란 적도 없고. 그 일은 그냥 그렇게 끝내면 됩니다만…… 이제 와서 굳이 만나자고 하시는 까닭은 잘 모르겠는데요."

"아버지께 뜻이 있으시겠지."
"형님은 자아가 없으십니까?"
갑작스럽게 튀어나온 말에 아르크스가 인상을 구겼다.
"뭐?"
"아까부터 계속 아버지 입장만 대변하셔서 형님은 아무 생각이 없으신가, 하고요."
이 짧은 대화에서 아렌트가 잡아챈 단서가 바로 그거였다.
아르크스의 말은 온통 아버지는, 아버지가, 아버지를, 등등 에크하르트 백작을 주어로 삼고 있었다. 자신의 뜻은 하나도 밝히지 않은 채.
"그 흔한 안부 인사 한마디도 없고 아버지께서 보자고 하신다, 아버지를 거역한 건 너다, 아버지께 뜻이 있으시겠지…… 똑같은 말만 반복하고 계시잖아요. 차라리 말 잘 배운 앵무새가 낫겠네요. 그건 귀엽기라도 하지."
아렌트는 스윽, 얼굴을 가까이 들이대며 한껏 빈정댔다.
"못난 동생 얼굴에 주먹이라도 한 대 갈겨 보고 싶지도 않으신 모양이네요. 뭐, 갈긴다고 맞아 줄 생각은 전혀 없지만."
"……무슨 말이 하고 싶은 거냐."
"아무 말도요. 그냥 느낀 점을 말씀드렸을 뿐입니다.

좀 의아하기도 하고요. 형님이 아버지 본인도 아닌데."

한없이 가벼운 대답에 아르크스의 주먹에 꽉 힘이 들어갔다.

"내 한마디 때문에 아버지 일을 그르칠 수는 없으니까. 그렇다면 말을 한마디라도 아끼는 것이 낫겠지. 답이 되었나?"

"예?"

황당하게 되묻는 말에도 아르크스는 몸을 홱 돌려 다시 저벅저벅 걸음을 옮길 뿐이었다.

"……하, 나 참."

잠시 후, 아렌트는 뒷목을 쓸어내리며 헛웃음을 터뜨렸다.

이걸로 확실해졌다.

에크하르트 백작의 양육 방식에는 심각한 문제가 있는 게 틀림없었다.

* * *

그 뒤로 대화는 완전히 끊어진 채 두 사람은 잠자코 걷기만 했다.

해 질 녘이 되어 가로등지기가 거리에 불을 하나둘씩 밝혔다.

다그닥, 다그닥.

말 두 필이 끄는 마차가 돌이 깔린 도로를 느긋하게 달리고 저녁 준비에 바쁜 사람들이 바삐 오갔다.

아렌트는 아르크스의 뒤를 따라 걸음을 옮기며 가만히 뒷모습을 바라보았다.

저건 누군가를 흉내 내려 안간힘을 쓰는 몸짓이었다.

원본은 아마 지금 만나러 가는 사람일 테고.

답지 않은 긴장감이 느껴졌다. 이건 이수현의 것이 아니라 '아렌트'의 기저에서 발동된 거였다. 검을 잡는 감각이 낯설지 않았듯, 아버지 앞에 선다는 것만으로도 이 신체는 거부감을 내보였다.

쯧, 혀를 차고 손을 몇 번 쥐었다 폈다 하는 것으로 익숙하게 감정을 컨트롤했다.

'한심한 놈. 반항할 거면 확실하게 했어야지.'

걱정 마라. 네가 그걸 원했는지는 모르겠지만, 더럽게 말 안 듣는 아들 노릇은 확실히 해 줄 테니까.

불안정하게 뛰던 심장이 차차 안정을 찾아 갔다.

……

…

아르크스가 아렌트를 안내한 곳은 황성의 한 저택이었

다. 거대한 문 앞을 지키던 문지기가 아르크스를 알아보고는 깍듯이 고개를 숙였다.

"다녀오셨습니까, 대공자님."

"아버지께 고해라. 내가 돌아왔다고."

"예."

문지기를 아렌트를 한 번 흘끗 보더니 곧장 저택 안으로 뛰어 들어갔다.

잠깐 기다리자 집사가 교대하듯 나타났다.

"어서 오십시오, 도련님. 백작님께서 기다리십니다."

아르크스를 향해 공손히 인사한 집사는 아렌트를 보고는 작게 쓴웃음을 지었다. 아르크스가 앞으로 성큼성큼 걸어 나가자 아렌트 역시 걸음을 뗐다.

그때까지 가만히 기다리던 집사는 가장 뒤에서 따라왔다.

저택 내부는 제법 삭막했다.

벽지며 카펫은 먼지 한 톨 없이 깨끗하게 관리되어 있었지만, 장식품이라고는 찾아볼 수 없었다. 기껏해야 루체 신의 형상을 본떠 만든 석상만이 최소한도로 배치되었을 뿐이었다.

'가문에서 쓰는 별채인가.'

눈동자를 이곳저곳으로 굴리던 아렌트는 곧 아르크스의 걸음이 멈췄다는 것을 깨달았다.

굳게 닫힌 문을 똑똑, 정중히 두드린 아르크스가 입을 열었다.

"아버지, 아렌트를 데리고 왔습니다."

허락의 말 대신 스으윽, 문이 부드럽게 열렸다.

저 공간에 들어가는 것이 지독히도 싫다는 듯 심장이 다시금 초조함을 드러냈다. 하지만 아렌트는 자신의 것이 아닌 긴장감을 익숙하게 잠재웠다.

지나치다 싶을 정도로 큰 테이블의 가장 상석에 앉은 중년 남성이 가장 먼저 눈에 들어왔다.

의자에 몸을 기댄 채 눈을 감고 있던 남자가 고개를 들었다.

"늦었군."

"죄송합니다."

짧은 질책에 아르크스가 곧장 대답했다.

에크하르트 백작이 턱짓하자 아르크스는 더 이상 아무런 말도 하지 않고 자리에 착석했다. 아렌트 역시 눈치껏 제 자리로 마련된 의자에 엉덩이를 붙이고 앉았다.

그러자 기다렸다는 듯 사용인들이 온갖 요리를 날라 오기 시작했다.

거대한 테이블이 순식간에 진수성찬으로 가득 채워졌다.

마지막으로 세 사람 앞에 각자 와인까지 한 잔씩 놓아

준 사용인들은 썰물 빠져나가듯 순식간에 사라졌다.

꽤 많은 수가 드나들었는데도 접시가 테이블에 닿으면서 들린 약간의 소리 이외에는 아주 약간의 소음조차도 나지 않았다.

그 모든 것이 지나치게 완벽해서 오히려 더 꺼림칙했다.

제 앞에 놓인 스프를 떨떠름하게 내려다보자니 에크하르트 백작의 목소리가 들려왔다.

"아주 오랜만이구나."

"그런 것 같네요. 정확히 얼마 만입니까?"

"이렇게 마주 앉아 대화하는 것은 거의 4년 만인가."

뭐야. 진짜?

아렌트는 어리벙벙해져 눈을 끔벅였다. 하지만 에크하르트 백작은 아무렇지도 않은 얼굴로 와인으로 목을 축였다.

"일단은 들어라. 특별히 준비했으니."

"뭐…… 예."

아렌트는 일단 식기를 들었다.

그렇게 침묵 속의 식사가 시작되었다.

솔직히 아무리 아렌트라고 한들 이런 분위기에서 즐겁게 식사하는 건 어려운 일이었다. 이럴 바엔 차라리 볼일만 보고 빠르게 빠져 기사단 식당을 가는 게 더 나을지도 모른다.

겸사겸사 아서도 괴롭히면서.

그런 생각을 하며 입을 열려던 찰나, 백작이 선수를 쳤다.

"최근에 여러 사건이 있었다고 들었다. 일단은 네가 무사해서 다행이군."

"다행이라고요? 유감스럽다는 걸 잘못 말씀하신 거 아닙니까?"

아렌트가 퉁명스럽게 내뱉자 맞은편에 앉은 아르크스가 얼굴을 구기며 사납게 이름을 불렀다.

"아렌트."

"만약 비슷한 일이 벌어진다면 나는 두 번 고민하지 않고 같은 선택을 할 거다. 네가 원망하든 말든 상관없이."

하지만 에크하르트 백작은 아무렇지도 않게 대꾸했다.

아렌트는 잘됐다 싶어 아예 포크를 내려놔 버렸다.

"아까 형님께도 말씀드렸지만, 원망하지 않습니다. 원망이라는 것도 우선 기대하는 게 있어야 가능한 일이니까요."

아렌트는 무심한 눈으로 백작을 마주 보았다.

"애초에 기대하지 않았으니 원망도 하지 않습니다. 원래 세상은 혼자 사는 거더라고요."

"……뭐 좋다. 네가 그렇게 생각한다면 나도 굳이 더

언급하지 않으마."

"빙빙 돌리지 말고 본론으로 들어가시죠. 어차피 가족 간의 단란한 재회는 기대도 안 하셨잖아요. 뭔가 바라는 게 있어서 저를 부르신 것 아닙니까?"

아렌트는 두 사람을 물끄러미 바라보며 피식, 입꼬리를 올렸다.

"랜포드 후작님이 부탁이라도 하신 걸까요? 나를 설득해 달라고. 아쉽게 됐네요. 그대로 자연스럽게 연을 끊을 수도 있었을 텐데, 그 와중에도 눈앞에 아른대는 이득은 포기할 수 없었던 모양입니다?"

오만하기 짝이 없는 말에 에크하르트 백작과 아르크스의 얼굴이 딱딱하게 굳었다. 더 이상 식사를 진행할 만한 분위기가 아니었다.

결국 에크하르트 백작 역시 식기를 내려놓았다.

"그래, 아렌트. 네 말이 맞다. 하지만 그만큼의 가치도 없다면 너와 내가 이리 마주 앉아 있을 일도 없었겠지."

무표정하던 눈빛에 분노가 깃들기 시작했다.

"네가 아직 에크하르트 백작가의 일원으로 취급받을 수 있는 것도 그 덕분이다. 하지만 단지 그뿐이지. 그러니 경거망동은 삼가라."

"……."

"그 약간의 쓸모조차 사라진다면 네가 어떻게 될지는

모르지 않을 텐데. 이후에도 목숨을 부지하고 싶다면 우선 네 주제를 정확히 파악하는 게 좋을 거다."

담담하게 시작된 말은 어느새 점점 격앙되어 끝맺을 무렵에는 서슬 퍼런 노기가 흘러나왔다.

에크하르트 백작은 아렌트를 새파랗게 노려보았다. 그에 반해 아렌트는 처음과 다름없는 무심한 낯으로 가만히 백작을 마주 볼 뿐이었다.

"충고는 새겨듣겠습니다. 어쨌든 저도, 아버지도 상황이 좋지 않은 것은 피차 마찬가지고 말입니다. 만나 봤자 딱히 유쾌할 것도 없는 마당에 이리 낯을 맞댈 정도로요."

잠시 후, 뒷머리를 몇 번 긁적거린 아렌트는 팔짱을 끼고 의자에 몸을 편하게 기댔다.

"어쨌든 간에, 랜포드 후작님과 아버지는 황태자 전하의 독식 때문에 곤란해지신 것 아닙니까? 다른 분들께 상황은 얼추 전해 들었습니다."

"······그래, 그렇지."

관자놀이를 꾹꾹 누른 에크하르트 백작이 천천히 한숨을 내쉬며 고개를 끄덕였다.

지나치게 적나라하긴 했지만 틀린 말은 아니었다.

그들은 말 안 듣는 아들과 고압적인 아버지로서 이 자리에 있는 게 아니니까. 서로 이득을 보고자 마주 앉은 거지.

침착함을 되찾은 에크하르트 백작이 다시 입을 열었다.

"네 입장을 말해라, 아렌트. 랜포드 후작님께도 제대로 된 확답을 드리지 않았다더군."

"제 입장이야…… 별난 것은 없습니다. 사이에 끼여서 이리 치이고 저리 치여서 곤란할 뿐이죠. 목숨을 위협당하는 건 덤이고요."

아렌트는 팔짱을 낀 상태로 고개를 살짝 기울였다.

"랜포드 후작님께서는 황태자 전하의 손아귀에서 벗어나 영지로 돌아갈 수 있도록 도와주시겠다고 하셨습니다. 솔직히 말해, 혹하는 제안이긴 했습니다."

황금색 눈동자가 소리 없이 움직여 아르크스와 에크하르트 백작을 차례로 훑어보았다.

"하지만 황태자 전하 아래에 있으면 제법 제 손아귀에 떨어지는 것도 꽤 많아서요. 그냥 포기하기에는 조금 아깝습니다. 게다가 위험을 감수해야 하는 것은 마찬가지인 듯하고."

"어째서지?"

"왜겠습니까? 황태자 전하나 단장님이 말 한마디만 하면 바로 저는 죽은 목숨인데."

아렌트는 슬쩍 소매를 걷어 은빛 팔찌를 두 사람에게 보여 주었다.

"랜포드 후작님과 모종의 거래를 했다는 게 들통나는

순간, 저는 끝장입니다. 제가 굳이 말씀드리지 않아도 충분히 아실 텐데요."

"뭔가 조건이라도 걸고 싶은 모양이로구나."

그 와중에도 에크하르트 백작은 아렌트가 하려는 말을 어렵잖게 짐작해 냈다.

아렌트는 가볍게 고개를 끄덕여 주었다.

"네, 저는 저한테 이득이 되는 쪽으로 움직일 겁니다. 랜포드 후작님은 황자님이 저를 위협하지 못하도록 지켜 주시겠다고 말씀하셨는데, 아버지께서는 뭘 거실 겁니까?"

"……."

에크하르트 백작의 눈빛이 차게 가라앉았다.

이런 식의 거래는 익숙했다. 하지만 설마 아렌트와 이런 대화를 나눌 거라고는 단 한 번도 예상하지 못한 일이었다.

'어쩌다가 이렇게 되었는지.'

새삼 머리가 지끈거려 와 백작은 다시 관자놀이를 꾹꾹 눌렀다. 반면 아렌트는 이곳에 들어온 순간부터 지금까지 시종일관 전혀 동요하지 않는 모습이었다.

'원래는 제대로 눈도 마주치지 못했을 텐데.'

버르장머리 없는 모습과 도발적인 언사 때문에 미처 지금까지 신경 쓰지 못했지만, 제대로 만나지 않은 동안 제법 변하긴 한 모양이었다.

"네 지난 과오는 모두 없던 것으로 하겠다. 황궁에 남고 싶다면 그래도 좋다. 하지만 만약 기사단을 나오겠다면 혼자 지낼 수 있도록 재산을 내주지."

그게 아니라면, 황궁 생활을 하며 필요 이상으로 오만해졌다거나.

"아마 랜포드 후작님이 너를 거두어 주실 것이다. 노이만 상단주와의 관계를 유지하며 후작님의 일을 도와라. 네게도 나쁜 조건은 아닐 텐데."

"흐음……."

담담하게 이어지는 말을 가만히 듣던 아렌트는 애매한 소리를 내며 고개를 갸웃했다.

"나쁘지 않은데, 제 형벌이 모두 청산되었을 때나 가능한 일입니다만."

"그건 랜포드 후작님과 다른 분들이 도와주실 거다."

백작은 확신을 담아 대답했다.

잠깐 고민에 빠진 듯 침묵하던 아렌트가 마침내 입을 열었다.

"다 좋습니다만, 역시 생각은 좀 해 봐야겠습니다. 제 목숨은 다른 무엇과도 바꾸고 싶지 않아서. 하지만 정말 말씀하신 대로 이루어진다고 하면…… 긍정적으로 고려할 가치는 충분하겠죠."

황금색 눈동자가 소리 없이 데굴, 구르다 다시 제 아버지를 향했다.

"기사단을 나와서 랜포드 후작님 아래로 들어가는 것도, 견습 기사로 계속 활동하면서 후작님을 물밑에서 도와 드리는 것도 포함해서 말입니다."

"알았다."

에크하르트 백작이 딱딱하게 대꾸하자 아렌트는 그대로 몸을 일으켰다.

"이야기는 이걸로 대충 끝난 모양이니, 전 이만 가 보겠습니다. 도저히 식사가 안 넘어가네요. 그건 두 분도 마찬가지겠지만."

백작과 아르크스에게 꾸벅, 고개를 숙인 아렌트는 뒤도 돌아보지 않고 나가 버렸다.

백작은 그 모습을 말없이 바라보다가 와인을 들어 바짝 마른 입을 축이고는, 머릿속을 정리하기 시작했다.

지금은 이것으로 충분했다.

이건 아렌트에게는 거절할 수 없는 제안일 터. 랜포드 후작 역시 일 처리가 확실한 편이니 더 염려할 것은 없었다.

하지만 그래도 마음이 개운치 않은 까닭은 어째서인지.

에크하르트 백작은 미간을 손으로 꾹꾹 누르며 몇 번째일지 모를 한숨을 내쉬었다.

* * *

그리고 드디어 회의 당일.

일 년에 한 번 개방될까 말까 하던 황궁 대회의실 문이 활짝 열렸다.

회의실을 꽉 채운 호화스러운 좌석은 단 한 자리도 비지 않았다.

황궁에서 법무와 재무를 맡아 운영하는 관리직 귀족들과 그 수행원, 치안을 담당하는 기사들, 게다가 좀처럼 모습을 드러내는 법이 없는 마법사와 신관까지.

각양각색의 이들이 한자리에 모이니 그야말로 장관이 따로 없었다.

이만한 인사들이 한꺼번에 회의에 참석하는 것도 드문 일이라 숙련된 시종들 역시 저마다 긴장한 기색이 역력했다.

뻣뻣하게 굳은 시종들이 다과를 준비해 두는 사이, 회의 참석자들은 저마다 눈동자를 굴리며 누군가를 찾았다.

바로 3기사단 틈에 섞인 아렌트 폰 에크하르트였다.

사실 아렌트를 찾는 것은 어려운 일이 아니었다. 눈처럼 새하얀 은발을 가진 청년은 황궁에 오직 그뿐이었으니까.

분명히 사람들의 시선을 느꼈을 텐데 아렌트는 그저 무심한 눈으로 정면만 응시할 뿐이었다.

아렌트를 주시하던 이들은 갑자기 그가 살며시 인상을 찌푸리자 저도 모르게 몸을 긴장시켰다.

하지만, 다음 순간.

"……하암."

"하품하지 마."

"늦게 잠들었단 말이에요."

"그래도 자리는 가려야 할 거 아냐, 이 자식아."

손으로 입을 가리며 나른히 하품하는 그에게 곁에 선 아서가 으르렁거리듯 주의를 주었다.

……그냥 아무 생각도 없는 건가.

호기심 어린 눈으로 아렌트를 관찰하던 이들이 슬그머니 시선을 돌렸다.

그때, 입구 쪽이 다시 소란스러워지더니 회의실 안으로 한 무리가 또다시 성큼 발을 들였다. 랜포드 후작과 그와 뜻을 함께하는 귀족들이었다. 그 틈에는 당연히 에크하르트 백작과 아르크스 역시 있었다.

그들은 잠시 아렌트가 있는 쪽을 바라보는 듯했지만, 정작 아렌트는 시선을 슬쩍 피하고는 딴청을 피워 댈 뿐이었다.

보다 못한 아서가 슬쩍 옆구리를 찔렀다.

"인사도 안 나누냐?"

"제가 왜요?"

"왜라는 말이 나와? 아버지잖냐. 얼마 전에 같이 식사도 했다면서."

"아아, 그때요? 영 대접이 별로라 생활관에 돌아와서 밥 먹었는데."

"그게 무슨……."

뭐라 더 쏘아붙이려던 아서는 문밖에서 터져 나온 외침에 입을 다물 수밖에 없었다.

"황태자 전하께서 들어오십니다!"

저마다 자리에 앉아 있던 이들이 기다렸다는 듯 벌떡 몸을 일으켰다.

그 모습이 제법 장관이었다.

뒤이어 활짝 열린 문으로 단지 제레온만을 대동한 칸타레스가 성큼성큼 들어왔다.

공식적인 자리에 나서는 황족은 너 나 할 것 없이 수행원을 줄줄 달고 다니는 것이 관례였다. 그것 역시 힘을 과시하는 방법 중 하나였으니까.

하지만 칸타레스는 그런 것은 전혀 상관없다는 듯, 단지 자신이 가장 신뢰하는 보좌관만을 곁에 두었을 뿐이었다.

조촐하다면 조촐하지만 오히려 그 누구보다도 위풍당

당했다.

당연히 그 모습이 사람들의 눈에 곱게만 보일 리는 없었다. 누군가는 분명히 심기가 불편해졌지만 이곳에서 그런 심기를 드러낼 정도로 미숙한 자는 아무도 없었다.

"황태자 전하를 배알하옵니다."

참석자들은 제국의 다음 주인을 향해 정중하게 예를 차렸다.

로브를 걸친 마법사들도 가슴팍에 손을 얹고 몸을 굽혔고, 흰 옷의 신관들 역시 양손을 맞잡고 고개를 깊이 숙이는 것으로 예우를 다했다.

가장 상석에 앉은 칸타레스가 입을 열었다.

"급한 소집에도 이리 많은 분들이 모여 주셨으니, 우선 감사를 표해야겠습니다."

하나하나 머릿수를 세기도 곤란할 정도로 많은 사람이 모인 자리였지만, 황태자가 운을 떼자마자 주변이 쥐 죽은 듯이 고요해졌다.

일전의 연회 때와는 또 다른 진중한 음성이 회의실을 가득 채웠다.

"이렇게 소집을 한 것은 다름이 아니라, 급하게 논의할 사항이 있어서입니다. 아마 대부분은 알고 있으리라 생각합니다만."

조용하던 회의실 이곳저곳에서 침음이 흘렀다.

"모든 일은 일전, 제게 날아든 전서구 하나에서 시작되었습니다. 발신인은 아직 누구인지 밝히지 못했습니다만."

칸타레스의 새파란 눈동자가 좌중을 훑었다.

"수사에 난항을 겪던 중, 아렌트 경이 적의 실마리를 잡아냈습니다. 그 뒤 벌어진 일들이야 워낙 소란스러웠던지라 다들 알고 계실 테니 설명은 생략하지요."

굳이 지금까지 있었던 일을 복기하는 이유는 간단했다.

"빠르게 대처하지 못했다면 무엇이든 분명 대참사로 이어졌을 것입니다."

처음 전서구가 날아들었을 때, 고작 장난질에 놀아나지 말라며 적극적인 수사를 반대했던 무리가 랜포트 후작과 일파들이었다.

그들이 침묵하는 가운데 묵묵히 있던 란슬롯 공작이 입을 열었다.

"황태자 전하의 혜안으로 큰 화를 막을 수 있었습니다."

"기사들이 고생해 준 덕분입니다."

담담하게 대답한 칸타레스가 무거운 목소리로 말을 이었다.

"모두 바쁘실 테니 말을 길게 하지는 않겠습니다. 수사

과정에서 그리그 전 후작이 놈들과 한패였다는 사실이 드러났습니다."

"······?!"

"그런······."

순간 내부가 크게 술렁였다.

아렌트 역시 작게 입꼬리를 올렸다.

'머리 좀 쓰신 모양이지.'

일상 속에 숨어든 첩자 이야기는 느슨한 분위기에 팽팽한 긴장감을 던지기 좋은 화제였다. 그리고 지금부터 펼칠 단막극의 좋은 도입부이기도 했고.

이 무거운 분위기 역시 칸타레스가 만들어 놓은 연출이었다. 아무래도 그날 로렌스의 식당에서 펼친 짧은 강의의 효과가 있던 모양이었다.

사람들이 눈치채지 못하게 아렌트를 힐끗 본 칸타레스가 다시 입을 열었다.

"좌시할 수만은 없는 사태입니다. 이미 황궁 내부에도 놈들의 끄나풀이 상당수 숨어 있을지도 모른다는 의미니까. 어쩌면 여기에도 섞여 있을지 모르는 일이고."

황태자의 새파란 눈동자가 의미 있는 빛을 담고 천천히 좌중을 둘러보았다. 그와 눈이라도 마주칠세라, 사람들은 슬그머니 고개를 돌리거나 시선을 아래로 내리깔았다.

"이스트 금고 습격 사건, 그리그 전 후작의 광산 은닉, 이번의 경매장 습격까지. 일련의 사건은 모두 동일한 배후가 벌인 일입니다. 그리그 전 후작에게 납치당할 뻔한 슈타들러 백작의 증언으로 놈들의 명칭 역시 확인되었습니다."

이제부터 본격적으로 시작이었다.

긴장된 시선이 황태자에게 모였다.

"부서진 심장의 검. 과거, 영웅 칸 시대에 말살된 악신의 추종자들입니다."

"……!"

한층 더 큰 술렁임이 여기저기에서 터져 나왔다.

아렌트는 가만히 상황을 주시했다. 칸타레스 역시 잠시 말을 멈추고 웅성대는 이들을 가만히 바라보기만 했다.

정보력이 빠른 고위 귀족들이야 짐작 정도는 했을지도 모르지만 대부분은 마른하늘에 날벼락을 맞은 기분이겠지. 역사서에서나 봤던 이야기가 뜬금없이 현실에 소환된 셈이니까.

잠시 후, 나이가 지긋한 여신관이 입을 열었다.

"황태자 전하, 저희가 감히 전하의 말씀을 의심하는 것은 아니지만…… 사안이 사안이니만큼 자세한 설명을 부탁드립니다."

"그야 어려운 일이 아니지요, 루미엘 신관. 다만 이 건에서는 아렌트 경의 이야기도 들을 필요가 있습니다만."

자연스럽게 이어진 이야기에 사람들의 시선이 모두 기사들 사이에 섞인 아렌트에게 모여들었다.

잠깐 고민하던 아렌트는 곧 다음 대사를 골랐다.

자세는 조금 삐딱하게, 고개는 한쪽으로 살짝 기울인 채로, 무표정 같지만 한없이 띠꺼운 기색을 드리운 낯으로 담백하게 내뱉으면 완벽했다.

"……송구하지만 저는 할 말 없습니다. 저는 황태자 전하의 명령을 따랐을 뿐입니다."

어쩔 수 없이 명령은 따르지만 황태자와의 사이는 틀어질 대로 틀어진 불량한 견습 기사, 그 자체였다.

"저, 저 불경한……!"

누군가가 경악해서 외쳤지만 아렌트는 아랑곳하지 않고 황태자를 빤히 응시할 뿐이었다.

칸타레스의 미간이 살짝 좁아졌다.

"겸손이 과한데, 아렌트 경."

"겸손이 아니라 사실을 고했을 뿐입니다. 고작 견습 기사일 뿐인 제가 이런 자리에서 나서는 것 자체가 바람직한 일은 아니라고 생각합니다만."

서늘한 음성은 평소 칸타레스를 편하게 대하는 아렌트와는 완전히 다른 모습이었다.

아서는 그것을 깨닫고는 당황해 두 사람을 번갈아 보았다.

칸타레스가 언짢은 듯 얼굴을 구겼다. 하지만 더 그를 질책하는 대신 짧게 한숨을 내쉬고 말을 이을 뿐이었다.
 "슈타들러 백작을 회유하려던 적들이 처음에 그런 이름을 대며 접근했다고 합니다."
 "그렇다면 그자들이 악신의 추종자라는 건……."
 "황실에 전해 내려오는 고문서에서 근거를 발견했습니다. 착오가 아닙니다."
 칸타레스의 단호한 대답에 루미엘 신관의 표정이 흐려졌다.
 누군가가 또 입을 열었다.
 "슈타들러 백작에게 접근했던 그자가…… 이번에 정체불명의 골렘과 함께 출몰한 그 괴한입니까? 아렌트 경의 손에 절명했다는."
 "맞소. 그리그 전 후작과 긴밀한 관계였지. 그 점으로 미루어 보아, 본 황태자는 이 자리에서 선언할 수밖에."
 차분하게 대답하는 칸타레스의 음성이 한층 더 차가워졌다.
 "제국민을, 황실을 위협하는 자들은 용서할 수 없다. 그게 악신의 추종자이든, 단순한 반란군이든 상관없이, 모조리. 그게 저의 뜻입니다."
 마지막 말은 모두가 들으라는 듯 칸타레스가 더욱 힘주어 말했다.

"그래서 우선 내부의 적부터 축출하는 것이 옳다고 판단했습니다."

"내부의 적…… 말씀이십니까?"

홀린 듯한 중얼거림이 회의실에 파고들었다.

누가 말한 건지는 알 수 없었지만, 그 한마디가 회의실 전체를 지옥 같은 침묵으로 가라앉힌 것만은 확실했다.

가장 먼저 퍼뜩 정신을 차린 랜포드 후작이 급하게 입을 열었다.

"잠, 잠깐만 기다려 주십시오, 전하. 그렇다면 저희 중에 변절자가 있다는 뜻입니까?"

"의심하는 것 같은 언사가 되어 미안하군. 하지만 이미 그리그 전 후작과 그 일당이 확인된 이상, 그런 가능성도 무시할 수는 없어."

지나치게 극단적인 말이었다. 더불어 칸타레스의 어투도 자연스럽게 하대로 바뀌고 있었다.

하지만 지금 저 말에 정면으로 반박할 수 있는 이는 없었다. 그리그 후작이 어떤 꼴이 되었는지는 모두들 잘 알고 있으니까.

자신을 둘러싼 이들을 가만히 바라보는 황태자의 얼굴은 그저 싸늘하기만 했다. 당장이라도 수상한 자들을 잡아내 숙청해 버릴 것처럼.

"전하께서 뜻이 그러시다면 응당 저희의 뜻도 그러할

것입니다. 하지만……."

입술을 몇 차례 달싹이던 랜포드 후작은 애써 침착함을 되찾고는 다시 운을 뗐다.

"하지만, 전하. 이 늙은이의 어리석은 이야기에 한 번만 귀 기울여 주시기를 청합니다."

"편하게 이야기해도 좋아. 경청하지."

"황태자 전하께서 말씀하시는 바는 잘 이해했습니다. 하지만 감히 여쭙건대, 지금까지의 방식을 그대로 유지하실 생각이신지요."

"방식?"

"예, 첫 단추가 어긋난 채로 꿰어졌으니 지금까지는 어쩔 수 없다 하더라도 앞으로는 달라야 합니다. 전하께서 내부의 적 먼저 축출하시겠다고 말씀하셨으니까요."

잠깐 말을 끊은 랜포드 후작이 한층 가라앉은 음성으로 다시 운을 뗐다.

"자칫 분열로도 이어질 수 있는 위험한 일입니다. 그러니 지금부터는 원칙대로 절차를 지켜 일을 진행하셔야 하실 것입니다."

"절차라…… 지금까지는 절차를 지키지 않았다는 말처럼 들리기도 하는데. 아니지. 빙빙 돌려 말할 것 없네."

그 한마디에 회의실 내부가 얼음물을 끼얹은 것처럼 싸늘해졌다.

칸타레스가 싸늘한 미소를 지었다.

"그대는 지금 나와 아렌트 경에 대해 논의해 보고 싶은 모양이군."

"……."

랜포드 후작은 긍정도 부정도 하지 않았다. 하지만 그것만으로도 뜻을 전달하기에는 충분했다.

칸타레스가 운을 뗐다.

"랜포드 후작, 말이 나온 김에 확실히 하면 좋겠군. 그대들은 아직 아렌트 경을 경계하는 것인가?"

"경계하는 것이 아닙니다. 염려하는 것일 뿐입니다."

차분한 목소리가 이어지자 칸타레스가 피식, 웃으며 후작에게 다시금 공을 넘겼다.

"염려라…… 바로 얼마 전과는 말이 제법 다른데."

"송구하오나 생각이 조금 바뀌었기 때문입니다. 최근 몇 차례 그와 대화를 나누어 보았사온데, 과연 전하께서 왜 그를 신뢰하시는지 충분히 알 수 있었습니다."

"그런데 그를 잘못 꿴 첫 단추라 일컫는 이유는 뭐지?"

칸타레스가 흥미롭다는 어조로 되묻자 랜포드 후작이 서슴없이 대답했다.

"아렌트 경은 분명히 유능합니다. 하지만 시작부터 아주 위태로웠다는 것은 아마 이 자리의 모든 중신 및 귀빈들께서도 충분히 알고 계시겠지요."

후작의 말이 끝나자 영원 같은 침묵이 묵직하게 자리 잡았다.

반박하는 말은 없었다.

많은 이들이 내심 랜포드 후작과 같은 생각을 해 왔다는 뜻이었다.

"어린 나이의 견습 기사가 감당하기는 힘든 일들입니다."

위태롭다는 말은 오히려 정중한 표현일지도 몰랐다.

이스트 금고 사건 직전에는 까닥하면 사형당할 뻔했고, 이상한 빵집 아래에 숨어 있던 거래소를 찾아냈을 때는 고작 세 명이서 용병 무리를 상대할 뻔했다.

그리고 마정석 광산 건은 또 어떠한가.

그리그 후작과의 위태위태한 마찰과 그 후의 격렬한 전투.

일이 잘 풀려서 망정이지, 이것 또한 자칫 잘못했다간 유능한 기사 셋과 장래가 유망한 귀족 한 명을 잃을 뻔했다.

게다가 이번 건은 또 어떤지.

운이 좋았다고 치부했지만 역시나 잘못 대처했다면 그날 사람들은 모두 몰살당했을 것이다.

아서는 조마조마한 마음을 안고 곁에 선 아렌트를 힐끗 곁눈질했다가 보고야 말았다.

아렌트의 입가에 스쳐 지나가는, 아주 흥미롭다는 미소를.

'미친놈인가?'

다른 사람이라면 알아보지 못할 정도로 찰나의 순간이었을 뿐이었다. 하지만 지금까지 그의 곁에서 온갖 험한 꼴을 봐 온 아서는 눈치챌 수 있었다.

여기는 제국의 중진들이 모두 모인 자리였다.

관리직을 맡은 이들은 물론이고 마법사에 신관까지…… 회의실을 채운 이들은 나름대로 이 제국에서 한가락 하는 인물이었다. 그런 와중에 자신의 이름이 거론되는 상황이었다.

그런데도 마치 남의 일을 구경하는 것처럼 아렌트는 가만히 그들의 대화를 관망하기만 했다.

시큰둥한 듯하지만 유난히 반짝이는 저 눈동자는 분명히 이 장소의 모든 사람들을 제 시야에 고스란히 담아내고 있었다.

묘한 기시감이 느껴졌다.

분명히 광산 소동이 벌어지기 직전 열렸던 연회에서도…….

멍하니 있던 아서는 한 걸음 앞으로 나서는 아렌트의 움직임에 퍼뜩 정신을 차렸다.

아래로 축 처져 있던 손이 위로 올라가 제 가슴팍을 살짝 짚었다. 입가에 어렸던 미소도 한순간에 사라졌다.

마치, 얼굴을 갈아 끼운 것처럼.

'뭐야?'

분명히 방금 전까지는 난롯불 가까이 데려다 놓은 고양이처럼 느긋하기만 하던 그였다.

"실례지만, 랜포드 후작님."

하지만 입술을 떼는 순간, 곁에 선 아서까지 섬뜩해질 정도로 서슬 퍼런 냉기가 느껴졌다.

"제 능력이 부족하다는 말씀을 하고 싶으신 겁니까?"

"저, 저자가……."

당황한 누군가가 입술을 달싹였다.

황태자와 후작이 대화를 나누는 중에 감히 끼어들다니. 하지만 질책은 끝까지 이어지지 못했다. 랜포드 후작이 당연하다는 듯이 그 말에 응답해 주었기 때문이었다.

"그럴 리가 있나. 경은 지금껏 훌륭히 잘해 주었다네."

"그런데 어째서 그런 말씀을 하십니까? 제가 황태자 전하께 쓸모없다는 뜻인지?"

따져 묻는 아렌트의 어조에는 미처 숨기지 못한 분노가 고스란히 녹아 있었다.

잠자코 듣던 칸타레스가 피식, 웃음을 터뜨렸다.

"랜포드 후작, 자네의 마음은 충분히 이해하지만 아렌트 경의 입장도 이해해 주게."

"입장을 이해하니 이리 무례를 무릅쓰고 말씀드리는

것입니다. 그는 지금껏 많은 위험을 감수하며 황태자 전하의 뜻을 수행해 왔습니다."

랜포드 후작의 말이 이어질수록 귀족들 사이에서 술렁임이 커졌다. 이건 해석하기에 따라서 황태자를 직접적으로 비난하는 말이 될 수도 있으니까.

"지금 아렌트 경이 분노하는 이유 역시 충분히 이해합니다. 목숨이 걸린 일에는 누구든 그럴 수밖에 없을 터이니 말입니다."

기사단장들 역시 눈을 가늘게 떴다.

"능력을 인정받지 못하면 죽고 만다, 아렌트 경은 분명 그리 생각할 것입니다. 하지만 그런 마음에서 비롯된 행동이 진정 이 제국을 위한 것인지 다시 한번 재고해 볼 필요가 있습니다."

"……."

"기사 된 자로서 그의 충심이 온전히 황제 폐하와 황태자 전하를 향할 수 있도록 해 주시길 간청드립니다."

분명 얼마 전까지만 해도 아렌트를 믿을 수 없다는 입장을 고수하던 랜포드 후작이었다. 그런 그의 입에서 건방진 견습 기사를 감싸는 말들이 쏟아져 나오니, 자세한 사정을 모르는 이들은 의아할 수밖에 없었다.

게다가 랜포드 후작과 뜻을 같이하며 끝까지 그를 경계해야 한다고 주장하던 이들 역시 고개를 주억이며 한마디씩 었었다.

"랜포드 후작의 말씀이 옳다 생각합니다."

"아렌트 경은 아직 젊습니다. 지금껏 해 온 일로도 충분하지요. 젊은이에게 과한 부담을 지우는 것도 못 할 짓입니다."

아서는 조마조마해져서 아렌트와 그들을 번갈아 바라보았다.

방금 입을 연 중신들이 최근 아렌트를 제 저택으로 초대했던 이들이라는 걸 깨달은 거였다. 같은 사실을 알아차린 3기사단 역시 살기등등하게 아렌트를 노려보기 시작했다.

그들의 눈에는 아렌트가 제 죄를 면하고자 황태자와 대립하는 귀족들을 끌어들인 것으로밖에 보이지 않았다.

하지만 아렌트는 담담하게 정면만 바라볼 뿐이었다.

그 태연자약한 꼴이 더욱 기사들의 마음에 천불을 일으켰다.

"저 자식이…… 살려 준 은혜도 모르고 또 배신을 해?"

"가만히 있어라."

라이더가 이를 부득 갈며 중얼거리자 리히트가 조용히 저지했다.

이런 상황에도 리히트는 침착하기만 했다.

라이더는 불만스럽게 끙, 앓는 소리를 내면서도 순순히

입을 다물었다.

황태자가 다시 운을 뗐다.

"그대들이 아렌트 경의 공을 높이 산다는 것은 잘 알겠네. 그래서 하고 싶은 말은?"

"그동안의 일로 그의 결백은 이미 증명된 것이나 마찬가지라고 생각합니다."

잠깐 뜸을 들인 랜포드 후작은 드디어 준비한 말을 꺼내 들었다.

"임시 석방이 아니라 무죄 판결을 내려 주시고, 이제는 감시에서 벗어날 수 있도록 해 주시는 것이 옳다고 생각합니다."

"……흐음."

칸타레스의 미간이 살며시 찌푸려졌다.

한편 세 단장의 표정은 점점 더 묘해져만 갔다.

"저 망나니가 어쩔 수 없이 따른다라……."

헛웃음이 절로 나오는 소리였다. 같은 생각인지 다이아나 역시 한숨을 푹 내쉬었다.

대충 상황을 파악한 것이다.

"다른 분들께서는 어떻게 생각하십니까?"

칸타레스의 질문이 회의실을 꽉 채운 이들에게 돌아갔다. 귀족들은 입술만 달싹일 뿐 쉽사리 대꾸하지 못했다.

참 우스운 상황이었다.

황태자와 귀족들의 기 싸움은 언제나 있어 온 일이었다.

하지만 지금 그 가운데에 놓인 게 고작 견습 기사 한 명이라니, 웃기지도 않는 일이었다.

겉으로만 보면 그의 사면 여부를 논의하는 것에 불과하지만, 안을 까 보면 내용은 사뭇 달랐다.

황태자가 귀족들을 감사(監査)할 것은 이미 정해진 사실이었다. 그 건에 한해서는 반박할 여지가 없었다. 그리 그 후작 사건 때문에 명분이 생겨 버렸으니까.

그때 황태자가 황실 기사단과 아렌트를 움직여 귀족들을 들쑤실 것도 분명했다. 특히 아렌트는 목숨이 저당 잡혀 있는 이상 충직한 황실의 개 노릇을 할 수밖에 없다.

하지만 아렌트가 자유의 몸이 된다면?

그것으로 귀족들에게 은혜를 입은 아렌트가 그들 편으로 돌아서게 될 테니, 칸타레스의 움직임에도 제약이 걸릴 수밖에 없었다.

그런 상황이니 평소 아렌트를 옹호하던 이들도 쉽게 찬성의 말을 내어 놓지 못했다.

그때 란슬롯 공작이 가장 먼저 입을 열었다.

"저 역시 같은 생각입니다. 다소 과격한 방식이었긴 하나, 아렌트 경은 제국을 위해 위험을 무릅썼습니다. 그러니 사실 벌이 아니라 상을 내려야 마땅할 일이지요."

예상치 못한 지원에 랜포드 후작이 눈을 조금 크게 떴다.

아렌트의 재판을 주관했던 란슬롯 공작이 저렇게 말하면 더 이상 뭐라 이견이 나올 구석은 없었다.

칸타레스 역시 마찬가지였다. 아무리 그라 해도 란슬롯 공작의 의견을 무시하기는 어려웠다.

묵묵히 있던 라이오스 역시 운을 뗐다.

"주제넘은 짓일지도 모르지만, 저 역시 간청드리겠습니다, 전하."

"라이오스 단장까지 그렇게 말한단 말이지."

잠깐 제 턱을 매만지며 고민하던 칸타레스가 슬쩍 입꼬리를 휘었다.

"축하해, 아렌트 경. 그간 인덕을 제법 많이 쌓은 모양이군."

"……"

빈정대는 말이었다.

아렌트는 입을 꾹 다문 채 대답하지 않았다. 마치 그럴 가치도 없다는 것처럼.

누가 봐도 랜포드 후작이 우세한 상황이었다.

칸타레스의 선택지는 그리 많지 않았다. 마침내 그가 내키지 않는다는 표정으로 천천히 고개를 끄덕였다.

"좋습니다. 그대들의 뜻이 그렇다면, 공식적으로 아렌트 폰 에크하르트 경의 형을 정지하겠습니다."

일부 귀족들의 얼굴에 화색이 돌기 시작했다. 반대로

몇몇의 얼굴은 참담히 일그러졌다. 대부분 황실 기사단 소속 인물들이었다.

 그러거나 말거나 칸타레스는 라이오스에게 눈짓했다.

 라이오스는 그 뜻을 알아차리고는 줄곧 품에 지니고 다니던 투박한 형태의 마정석을 꺼냈다. 팔찌를 발동해 즉시 형을 집행할 수 있게 만든 물건이었다.

 라이오스가 마정석을 간단히 부숴 버리자 아렌트의 팔에서 반짝이던 팔찌가 툭, 끊어져 바닥으로 떨어졌다.

 몇 달 동안 그를 얽매던 족쇄가 드디어 벗겨진 순간이었다.

 순간 허전한 느낌이 들어 텅 비어 버린 손목을 몇 차례 매만지던 아렌트는 시선을 들고 회의실 내부를 훑어보았다.

 랜포드 후작은 흐뭇한 미소를 지은 채였고, 그 곁의 에크하르트 백작은 응당 일이 흘러가야 할 방향으로 이루어졌다는 듯 지그시 눈을 감은 채였다.

 후작을 따르는 다른 몇몇 귀족들 역시 눈에 띄게 표정이 밝아졌다.

 반면 바로 옆의 아서부터 제3기사단의 익숙한 얼굴들은 모두 복잡한 얼굴이었다.

 아서는 심란하게 이쪽을 가만히 응시했고, 다른 동료들은 당장 잡아먹을 기세로 그를 노려보았다.

조금 즐거워졌다.

저들은 모두 확신하고 있었다. 노이만 상단의 힘까지 등에 업은 아렌트가 이제는 황태자를 떠나 귀족들 편으로 붙을 거라고.

무대 위에 섰을 때 가장 좋아하는 순간이 바로 이럴 때였다.

반전의 반전으로 관객의 뒤통수를 치는 것.

"저를 이렇게까지 신뢰해 주신다니 몸 둘 바를 모르겠습니다, 전하."

순서는 이미 그에게 넘어왔다. 이제부터는 완전히 독무대였다.

제게 향한 숱한 시선들을 고스란히 받아들이며 아렌트는 한 발짝 더 앞으로 나섰다.

"그렇다면 제가 얻은 자유에 대가를 치러야겠지요."

성큼성큼.

아렌트가 대열을 벗어나 칸타레스를 향해 걸음을 옮기기 시작했다.

"야, 야……!"

아서는 소심하게 그를 붙잡으려다 멈칫했다.

어째서인지 방해해서는 안 된다는 생각이 든 탓이었다.

다른 이들 역시 마찬가지인지, 잠깐 상황도 잊어버린 채 넋을 잃고 아렌트의 움직임을 눈으로 쫓았다.

뚜벅뚜벅.

어찌나 고요해졌는지 홀로 움직이는 발소리가 얼어붙은 공기에 선명히 새겨졌다.

마침내 그는 칸타레스 바로 앞에서 우뚝 걸음을 멈췄다.

그리고, 결코 흘려들을 수 없는 또렷한 음성이 넓은 회의실을 가득 채웠다.

"저는 황태자 전하께 충성을 바침을 이 자리에서 다시금 맹세합니다."

그 말을 끝으로 아렌트는 한쪽 무릎을 꿇고 칸타레스를 향해 깊이 고개를 숙였다.

경건하고 그 누구보다도 충직한 기사의 맹세인 동시에, 누군가의 뒤통수를 강하게 후려 패는 한 방이기도 했다.

"……."

진득한 정적이 흘렀다.

뜨겁게 타오르던 횃불 위에 차가운 얼음물을 통째로 끼얹은 것 같은 침묵이었다.

어떤 의견을 가졌든, 그리고 누구를 지지했든 당황스러운 것은 모두가 마찬가지였다.

양측의 어리벙벙한 시선이 아렌트의 등에 꽂혀 들었다.

아렌트는 고개를 숙인 채 미동도 하지 않았다. 물론 가

더럽게 말 안 듣는 아들 〈189〉

려진 얼굴에 피어난 사악한 미소는 아무도 알아보지 못했다.

칸타레스가 입술을 휘어 미소 지었다.

"골치 아프게 되었군. 나는 그래도 최소한으로나마 안전장치는 남겨 두고 싶었는데. 네놈이 어디로 튀어 나갈지 예상할 수가 있어야지."

"그것참, 유감입니다. 이렇게 많은 분들이 저를 믿어 주신다는데 황태자 전하께서도 이만 포기하시죠."

고개를 든 아렌트가 전혀 유감스럽지 않은 어조로 황태자에게 대꾸했다.

한참 만에 누군가가 얼떨떨하게 입을 열었다.

"전하, 안전장치라 하심은……."

"그대들이 말한 대로, 아렌트 경이 지금껏 해 온 일은 제 결백을 증명하기에 충분했어. 하지만 이 친구가 워낙 자유분방하니."

칸타레스가 어깨를 으쓱이며 대답했다.

그 몸짓에서 누군가의 모습이 겹쳐 보였다.

"나를 위한 마음은 잘 알지만, 그래도 너무 무모한 일을 벌이니 이곳저곳에 쉽게 적을 만드는 것 같아서."

칸타레스가 다시금 피식 웃음을 터뜨렸다.

"적어도 저 팔찌를 채워 둔다면 나와 라이오스 경이 단단히 목줄을 잡고 있다는 걸 보여 줄 수는 있을 테니까.

그렇다면 아군에게 미움을 사 곤란한 지경에 빠질 일은 없지 않겠나."

 황태자의 말이 이어질수록 사람들은 점점 아연해졌다.

 "하지만 본인은 그게 제법 불만이었던 모양이지. 안 그래, 아렌트 경?"

 "그런 건 필요 없다고 몇 번이나 말씀드렸을 텐데요. 저는 저 하고 싶은 대로 할 뿐입니다."

 "아주 건방지다니까. 황태자가 걱정해 주는데 이런 태도나 보이고."

 아렌트의 퉁명스러운 대꾸에 뒤이어 키득키득, 황태자의 재미있다는 듯한 웃음소리만이 회의실을 가득 채웠다.

 제 할 일을 다 했다는 듯 자리를 툭툭 털고 일어난 아렌트가 보란 듯이 사람들을 마주 보고 섰다.

 그 맹랑한 모습에도 다들 말을 꺼낼 엄두조차 내지 못했다.

 같은 편인 기사들 역시 그랬지만, 특히 랜포드 후작과 그를 따르는 귀족들의 표정은 참으로 볼만했다.

 랜포드 후작이 얼굴을 일그러뜨리며 이를 악물었다.

 "자네…… 처음부터 이럴 작정이었나?"

 "글쎄요, 무슨 말씀인지 잘."

 아렌트가 슬쩍 입꼬리를 휘었다.

"어떤 상황이 오든, 여러분 중 저를 위협하는 분은 없겠지요. 저를 믿으신다고 직접 말씀하셨으니, 그 뜻은 황태자 전하께서도 충분히 이해하셨을 겁니다."

"……."

뿌득.

백작의 입술 사이로 이를 가는 살벌한 소리가 흘러나왔다. 꽉 쥔 주먹은 피가 통하지 않아 새하얗게 질린 지 오래였다.

노골적인 비웃음을 드리운 낯을 가만히 보고 있자니, 그제야 인정하기 싫은 사실들이 하나둘 제대로 눈에 보이기 시작했다.

"랜포드 후작님."

"……왜 그러나."

"어쩌다 갑자기 아렌트에게 관심을 가지게 되신 겁니까."

"그건……."

에크하르트 백작이 싸늘하게 던진 물음에 무심결에 답을 내놓으려던 후작이 멈칫했다.

아렌트 폰 에크하르트를 직접 만나 봐야겠다고 생각한 건 분명히 황태자와 짧게 회의를 가진 뒤였다. 그 전까지는 이렇게까지 저 견습 기사를 의식하지는 않았던 것 같았다.

그때는 황태자가 아렌트에게 확실하지 않은 태도를 보였고, 그래서 후작은 직접 아렌트를 찾아갔다. 일부러 그가 순찰 도는 시간까지 알아내서.

그리고 랜포드 후작을 처음 대면한 아렌트는 주인에게 혹사당한 사나운 번견처럼 이를 드러냈고…… 랜포드 후작은 그 모습을 철석같이 믿은 채 도움의 손길을 뻗은 것이다.

거기까지 생각이 미치자 절로 헛웃음이 터져 나왔다.

애초에 전제부터가 잘못되었다.

처음부터 이 판은 철저히 저 애송이 기사의 손바닥 위였던 셈이었다. 랜포드 후작과 에크하르트 백작은 거기에 보기 좋게 걸려든 것이고.

완전히, 놀아났다.

"하…… 하하."

터지는 웃음을 참지 못하고 랜포드 후작은 얼굴을 쓸어내렸다.

견습 기사에게 연민을 표하면서, 황태자에게 그를 자유롭게 놓아주는 게 옳다고 이야기하며 제 입으로 충성을 주워섬겼다.

사냥개를 풀어 주면 그대로 도망치거나 아니면 자신에게 꼬리를 칠 거라 여긴 그였다. 하지만 사냥개는 줄에서 풀려나자마자 보란 듯이 입에 사냥감을 채어 물고 제 주인에게 돌아갔다.

'아니, 아니지.'

저건 사냥개 따위가 아니었다. 모든 것을 제 손바닥 위에 올려놓고 쥐락펴락하는 괴물이지.

"랜포드 후작, 그대도 이제는 알겠지. 아렌트 경은 아주 감당하기 힘들어."

"……예, 전하. 정말 말씀대로인 것 같습니다."

칸타레스가 달래듯 꺼낸 말에 랜포드 후작은 힘 빠진 웃음을 흘리며 고개를 끄덕였다.

그런 랜포드 후작의 모습을 일별한 칸타레스는 고개를 들어 주위를 휘 둘러봤다.

넋이 나간 것은 주변의 다른 귀족들 역시 마찬가지였다.

당연한 일이었다. 저들은 모두 한 번 이상 아렌트와 대화를 나눠 보았으니까. 그렇기에 랜포드 후작에게 이 모든 사태의 책임을 전가할 수도 없었다.

황태자가 퍽 유쾌한 어조로 말을 이어 갔다.

"자, 이 건은 정리되었으니 다시 본제로 돌아가겠습니다. 저는 이번 기회에 제국을 다시 한번 바로잡고, 힘을 모아 적을 몰아내는 데 집중할 생각입니다."

"뜻대로 될 것입니다, 황태자 전하."

란슬롯 공작이 부드러운 미소를 지으며 한마디를 얹었다.

그러자 잠자코 있던 켄드릭 단장이 입을 열었다.

"견습 기사에게 선수를 빼앗겨 버렸으니 민망할 따름입니다. 황실 기사단은 언제나 마음을 다해 이 제국과 황제 폐하, 그리고 황태자 전하를 보필할 것입니다. 루체 신께 맹세합니다."

"신께 맹세코 황실을 수호하는 일에 신심을 다할 것입니다."

켄드릭이 자리에서 일어나 한쪽 무릎을 꿇자, 다이아나와 라이오스 역시 입을 모아 맹세하며 뒤따라 몸을 숙였다.

단장들의 뒤를 따라 기사들이 일제히 황태자를 향해 충성의 예를 취했다.

멍하니 있던 귀족들에게도 다른 선택지는 주어지지 않았다.

체념의 웃음을 터뜨린 랜포드 후작이 가장 먼저 황태자를 향해 천천히 허리를 숙였다.

"랜포드 후작가의 이름을 걸고, 황태자 전하와 뜻을 같이할 것입니다."

그에 다른 귀족들 역시 엉거주춤 몸을 구부렸다.

오랜 분열에 종지부를 찍는 역사적인 순간이었다.

하지만 단 한 사람, 에크하르트 백작만은 미동도 하지 않았다. 분노에 가득 찬 시선으로 그는 이 모든 상황을 만들어 낸 자신의 아들을 잡아먹을 듯이 쏘아볼 뿐이었다.

* * *

 모두가 혼이 쏙 빠진 상황에서 회의는 칸타레스와 란슬롯 공작의 주도로 진행되었다. 덕분에 황태자는 자신이 원하던 바를 거의 다 이룰 수 있었다.
 '부서진 심장의 검'에 수배령을 내리고 황실 기사단을 중심으로 수사를 하기로 했다. 모든 정보 및 수사 진행은 황실 기사단 주도하에 이루어져야 했다.
 황실 마법사와 신관들 역시 황태자의 지휘에 따라 적을 말살하는 데에 주력하고, 혹여 귀족들 사이에 아직 남아 있을지도 모를 잔당을 배제하고자 본격적인 조사가 결정되었다.
 겉으로나마 모든 지휘권이 칸타레스의 손아귀로 들어간 것이다.
 회의가 마무리된 뒤, 터덜터덜 귀가하는 랜포드 후작의 뒷모습을 뿌듯하게 구경하던 아렌트의 뒤통수에 호된 주먹이 날아들었다.
 뻐어어억!
 "아아악!"
 "야, 이 미친놈아! 간 떨어지는 줄 알았잖아!"

드디어 아렌트를 한 대 팼다는 감격을 차마 느낄 틈도 없이 아서가 바락바락 악을 쓰기 시작했다.

아렌트는 얼얼한 뒤통수를 매만지며 신경질적으로 대꾸했다.

"아, 진짜! 왜 때리고 그래요? 다 잘 풀렸으면 됐지."

"미리 말을 했어야 될 거 아냐!"

다음 외침은 라이더에게서 튀어나왔다. 어느새 아렌트는 제3기사단에게 완전히 포위당한 뒤였다.

"말하면 뭐 도움이나 됩니까? 칼만 잘 쓰지, 머리 굴릴 줄은 요만큼도 모르면서."

"지금 그게 할 소리냐? 할 소리야? 엉?"

하지만 이번에는 기사들도 물러나지 않았다.

금세 왁자지껄하게 싸워 대는 부하들을 보며 라이오스가 얼굴을 쓸어내렸다.

"부하들이 제법 활기차졌군."

"죄송합니다."

켄드릭이 쓴웃음을 흘리며 건네는 말에 라이오스가 앓는 소리처럼 대꾸했다.

하지만 그 소란도 그리 오래가지는 못했다. 삼삼오오 모인 기사들 쪽으로 누군가가 성큼 다가온 탓이었다.

에크하르트 백작이었다.

백작의 얼굴을 확인한 순간, 기사들은 저마다 얼굴을

굳히고 자세를 바로 했지만, 에크하르트 백작은 그런 기사들 사이를 헤치고 성큼성큼 아렌트에게 다가갔다.

기사들은 몸을 긴장시킨 채 백작을 주시했다. 아렌트 역시 아서와의 드잡이를 멈추고 무심한 눈으로 제 아버지를 똑바로 올려다보았다.

에크하르트 백작이 싸늘하게 물었다.

"이게 네 뜻인가?"

"네, 처음부터 말씀드렸다시피 저는 이득이 되는 쪽으로 움직인 것뿐이라."

주머니에 손을 푹 꽂아 넣은 아렌트가 삐딱하게 대꾸했다.

"지금 이 행동이 네게 이득이 되는 것이라고?"

"물론입니다. 한낱 후작이나 백작가보다는 황실에 붙는 쪽이 챙겨 먹을 게 더 많지 않겠습니까? 게다가……."

황금색 눈동자가 백작의 어깨너머로 향했.

아렌트와 눈을 마주친 아르크스가 움찔했다.

"저는 누구처럼 꼭두각시 노릇 하는 건 사양이고, 무엇보다 백작가는 절 담기에 너무 좁습니다. 말 안 듣는 아들 하나도 감당 못 하시면서."

피식, 아렌트가 가볍게 웃음을 터뜨렸다.

에크하르트 백작이 사납게 으르렁거렸.

"그간 아주 오만해졌군."

"아뇨, 전 항상 이랬습니다."

하지만 아렌트는 오히려 당당하게 가슴을 쫙 폈다.

"오만하고, 성질 더러운 데다, 제멋대로고, 잠깐 눈 떼면 사고나 쳐 대는 놈이죠. 지금까지도 그랬고 앞으로도 그럴 겁니다."

"……자랑이다, 새끼야."

아서가 구시렁댔지만 당연히 그건 무시당했다.

아렌트는 씨익, 웃으며 에크하르트 백작을 똑바로 올려다보았다.

"그러니까 포기하세요. 전 손안에 넣고 굴리다가 필요 없어지면 버릴 수 있는 물건이 아니니까요."

"……."

에크하르트 백작은 굳은 얼굴로 한참 동안이나 아렌트를 가만히 응시했다.

그리고 잠시 후, 그는 빙글 몸을 돌려 버렸다.

"너는 더 이상 에크하르트 백작가의 일원이 아니다."

"언제는 그랬던 것처럼 말씀하지 마십쇼. 그딴 이름 줘도 안 가집니다."

사실상 연을 끊겠다는 말이었지만 아렌트는 끝까지 입을 다물지 않았다.

차남을 살기 어린 눈으로 흘겨본 에크하르트 백작은 그대로 성큼성큼 걸음을 옮겨 그 자리를 빠져나가 버렸다.

뒤에 물러서 있던 아르크스는 백작이 떠난 뒤에도 한동안 그 자리에 못 박힌 듯 서 있었다.

잠시 후, 그는 기사들과 아렌트를 향해 꾸벅 묵례했다.

"실례했습니다. 다음에 뵙겠습니다."

그것을 끝으로 아르크스 역시 빠르게 에크하르트 백작의 뒤를 쫓았다.

아렌트는 멀어지는 두 사람을 심드렁하게 응시하다 콧방귀를 뀌었다.

"쓸데없이 무게 잡기는."

"무게 잡기는 무슨!"

하지만 곧이어 터져 나온 누군가의 분노 어린 외침에 심각한 분위기도 금세 박살 나 버렸다.

"천륜을 그렇게 쉽게 저버리는 놈이 어디 있냐? 이거 진짜 미친놈 아냐?"

"아, 진짜! 그러든 말든 무슨 상관인데요?"

라이더가 황당하게 외친 말을 시작으로 기사들은 다시 와자지껄 떠들어 대기 시작했다. 아렌트가 뭐라 짜증을 터뜨렸지만 그 소리가 저절로 묻혀 버릴 지경이었다.

그 광경을 바라보는 라이오스는 더욱 심란해졌다.

분명 아렌트가 사람들 틈에 잘 섞이길 바란 적은 있었지만…….

'저런 꼴은 아니었을 텐데.'

아렌트가 점잖아지길 원했건만, 어째 단체로 저놈에게 물들어 버린 것 같다.
 슬그머니 다가온 다이아나가 라이오스의 어깨를 툭툭 두드려 주었다.

4장. 진지한 건 성미에 안 맞는 사람

진지한 건 성미에 안 맞는 사람

 반쯤 짝다리를 짚으며 아렌트는 책상에 푹 퍼진 칸타레스를 물끄러미 보았다. 한 손에 펜을 쥔 채 욕설 비슷한 말을 중얼거리며 서류에 코를 박은 꼴이 참 가관이었다.
 다른 사람이 봤다면 어디 아프시냐며 호들갑을 떨어도 전혀 이상하지 않았겠지만…… 유감스럽게도 고귀하신 황족이 지금 마주 보고 있는 사람은 아렌트였다.
 라이오스가 맡긴 서류를 책상 위에 툭 올려놓으며 불량 기사가 입을 뗐다.
 "제법……."
 "볼만한 꼴이라고 말할 거면 그냥 닥쳐라."
 채 문장을 다 완성하기도 전에 험악한 소리가 흘러나왔다.

아렌트는 어깨를 으쓱하고는 알아서 소파에 털썩 주저앉았다.

"그 난리 친 성과가 있었네요."

"그러는 너는 꽤 개운해 보인다?"

"그 뒤로는 아무도 말 안 걸더라고요. 미친놈인가 싶었겠지."

"망할, 나라도 그러겠다."

몸을 일으키며 칸타레스가 투덜거렸다. 귀족파를 자처하던 이들은 실수로라도 아렌트와 엮일까 봐 슬슬 피해 다니는 눈치였다.

생각해 보면 그리 이상한 일이 아니었다. 랜포드 후작과 에크하르트 백작이 그토록 호된 꼴을 당했으니까.

"뭐, 덕분에 랜포드 후작은 굉장히 고분고분해졌어. 새파란 애송이에게 뒤통수를 호되게 맞은 게 어지간히 충격이었겠지."

모든 과정이 순조로웠다. '부서진 심장의 검' 수배령도 각 영지에 모두 전달되었고, 만에 하나의 가능성을 고려해 황실에서 정보를 우선 통제하겠다는 말에도 반발하는 자는 아무도 없었다.

"그러는 너는 에크하르트 백작한테 절연당했다면서? 괜찮겠냐?"

"딱히 달라질 것도 없잖습니까."

"호오? 그렇게 가볍게 말한다고? 네 가문에 제법 자부심이 있던 것처럼 보였는데."

"그 꼴을 보고도 그런 소리가 나오십니까?"

"그 정도로 사이가 나쁜 줄은 몰랐지. 전에도 에크하르트 백작이 방치한다는 느낌은 있었지만, 그냥 무신경한 정도일 줄 알았는데."

에크하르트 백작이 황궁까지 온 것도 상당히 이례적인 일이었다.

"그래서 진짜 괜찮은 거 맞나? 날 도와 달라고는 했지만, 설마 그렇게까지 할 줄은 몰랐는데."

"언젠가는 해야 했던 일입니다. 그게 마침 딱 시기적절했을 뿐이고요. 그리고……."

거기까지 말한 아렌트가 칸타레스를 보며 씨이익, 미소 지었다.

"제가 분명히 공짜 아니라고 말씀드렸을 텐데요?"

"……."

칸타레스의 낯이 일그러졌다.

"야, 어차피 해야 했던 일이라면서? 게다가 너 관찰 처분도 벗어났잖아. 그런데 또 뭐가 불만이야?"

"그거야…… 일의 해결 과정 중 하나였을 뿐이고, 딱히 제가 얻은 이득은 없잖습니까. 아니면 뭐, 이제 와서 절 사형에 처하기라도 하실 겁니까?"

"……끄응."

그 점을 들먹이면 차마 대꾸할 말이 없었다.

칸타레스가 입을 꾹 다물자 아렌트는 것 보라는 듯 어깨를 으쓱했다.

"전하께서는 분위기만 적당히 잡고 저 혼자 다 했잖습니까. 내가 얼마나 개고생했는데."

"그랬지. 맛있는 식사나 실컷 얻어먹고 불쌍한 척하면서 동정심 샀다가 있는 힘껏 뒤통수쳤지."

"구경하시는 전하께서도 꽤 즐기신 것처럼 보였는데요. 솔직하게 말씀하세요. 재밌으셨죠?"

이러다가는 말싸움이 끝도 없을 것 같았다.

칸타레스는 얼굴을 쓸어내리며 한숨을 푹 내쉬었다.

"그래…… 말해 봤자 내 입만 아프지. 뭐가 필요한데?"

"사실 지금 당장 필요한 건 없으니, 나중에 부탁 하나 들어주시는 걸로 해요."

"쳇, 알았어. 내 선에서 가능한 거라면 뭐든 들어주지."

"설마 한 입으로 두 말 하시진 않을 거라 믿습니다."

그제야 아렌트가 만족스럽게 고개를 끄덕였다.

칸타레스가 턱을 괴며 구시렁댔다.

"하여튼 지독한 놈. 그나저나 슈타들러 백작에게서 연락이 왔는데."

"오, 드디어요?"

황궁에서 이 난리를 치는 동안 슈타들러 백작은 경매장에 올라왔던 보석, '식지 않는 심장' 분석을 비밀리에 하고 있었는데…… 그 결과가 나온 모양이었다.

 "쓰임새는 알아내지 못했다더군. 직접 발동해 보지 않는 이상 어떤 식으로 작용하는지는 알 수가 없다던데. 다만 분석은 어느 정도 성공했대."

 "호오."

 아렌트가 흥미롭게 눈을 반짝였다.

 "결론만 말하자면, 최소 100년은 된 물건이라는 것. 제작자는 아마도 인간이 아닐 거야."

 "어째서요?"

 "아티팩트에는 마정석에 가까울 정도로 농밀한 마력이 가득 응집되어 있다고 했어. 인간이 제작할 수 있는 것이 아니라더군."

 팔짱을 낀 칸타레스가 의자에 몸을 푹 기댔다.

 "그렇다면 이종족이 제작한 물건이라는 거죠?"

 "백작이 그렇게 말했으니 아마 분명하겠지. 아마 영웅 칸이 살아 있던 전쟁 시대에 만들어진 게 아닐까?"

 당시 전쟁 중 병기로 사용하려고 개발했을 가능성이 높았다.

 아렌트도 그 생각에 동의했다.

 새삼 주먹을 쥐었다 펴는 것을 반복하니, 이제는 제 피부처럼 익숙해진 반장갑의 촉감이 느껴졌다.

"인간이 아니라면…… 엘프나 드래곤, 뭐 이런 종족이 만든 물건이라는 거죠?"

"그렇지. 애초에 인간의 힘으로는 그 정도로 강력한 아티팩트를 만드는 건 힘들 거야."

이 세계에는 인간 외의 종족도 존재했다.

따로 국가나 마을을 이루고 생활하는 그들은 그 수가 인간에 비해서 확연히 적었다. 게다가 대부분은 인간 세계에 섞이는 것을 꺼려 하니, 평생 한 번 만날까 말까 한 게 바로 그들이었다.

아렌트가 살며시 인상을 찌푸렸다.

"전쟁 때 악신 편을 든 종족도 있었습니까?"

"아마도 그럴걸. 아티팩트는 그쪽 교단에 붙은 이종족이 제작한 걸 테고."

그들은 아티팩트를 이용해 항전했지만 영웅 칸에게 패배했다.

혼란스러운 상황에 아티팩트는 뿔뿔이 흩어졌고, 최근 다시 활동을 시작한 '부서진 심장의 검'이 그걸 회수하기 시작한 것이다…… 여기까지는 쉬운 추측이었다.

"……있잖아요. 방금 좀 끔찍한 생각이 들었는데."

잠깐 뜸을 들이던 아렌트가 다시 입을 열었다. 떨떠름하기 그지없는 어조에 칸타레스가 고개를 들었다.

"뭔데?"

"그, 인간보다 수십 배는 더 오래 사는 놈들도 있지 않아요?"

"그렇지? 하지만 생존자는 적을걸? 전쟁통에 꽤 많은 피해를 입었을 테니까."

"만에 하나…… 살아 있다면요?"

"……."

칸타레스의 입이 딱 다물렸다. 미처 거기까지는 생각하지 못한 눈치였다.

드래곤이나 엘프 같은 종족은 인간과는 비교조차 되지 않는 수명을 자랑한다. 아렌트의 말에 어느 정도 현실성이 있다는 뜻이었다.

한참 만에 황태자가 간신히 침착히 대답했다.

"……아냐, 방금도 말했다시피 전쟁 탓에 모든 종족의 개체 수가 크게 줄었어. 인간은 그나마 머릿수가 많았으니 다시 번성할 수 있었지만, 드래곤은 거의 멸종되었다고 보고되었는데. 게다가 우리 제국과 교류하는 엘프 나라에도 200살이 넘은 장로는 없다고."

"그때 절멸했다는 증거도 없잖습니까. 몇몇이라도 살아남았다면요? 아니지. 딱 한 놈이라도 살아남았다면?"

아렌트는 제 머리를 북북 긁으며 덧붙였다.

"……죽은 동족을 생각하고, 복수심을 키워 가면서 오

랜 세월을 기다려 왔다면요? 그래서 자신이 직접 교단에 아티팩트를 전수해 줬다면?"

"……!"

섬뜩한 냉기가 등골을 타고 흘렀다.

곱상한 아렌트의 낯에 잘 어울리는, 귀에 잘 박히는 미성이 간담을 서늘하게 만들었다.

엘프나 드래곤 외에도 인간보다 더 긴 세월을 살아가는 종족은 얼마든지 있었다. 그중 전쟁 생존자가 없을 거라고 장담하긴 힘들었다.

몸을 숨겨서라도 어떻게든 살아남은 자가 있다면?

칸타레스는 억지로 입꼬리를 휘어 어색한 웃음을 만들었다.

"너…… 재수 없는 소리 하지 마."

"가능성이 없다고는 못 하잖아요. 염두에 둘 필요는 있어 보여서."

아렌트가 어깨를 으쓱했다.

새삼 편두통이 치밀어 오르는 기분에 칸타레스는 미간을 꾹꾹 눌렀다.

"젠장, 진짜 부정하고 싶은 현실이군."

드래곤은 걸어 다니는 천재지변이었다.

관련 기록은 분노한 드래곤의 손에 도시 하나가 통째로 없어졌다거나, 두 드래곤이 싸우다 해당 대륙의 지형이 바뀌었다는 둥의 살벌한 내용이 대부분이었다.

인간보다 긴 세월을 사는 다른 종족도 적으로 만난다면 버겁기는 마찬가지였다.

"잠깐. 그렇다면 그쪽에도 상황을 알려야 하나? 인간만의 문제가 아닌 것 같은데."

"방금 말씀하신 엘프 나라요?"

"어어, 아직은 악신교 잔당만이 포착됐을 뿐이지만…… 일이 어떻게 흘러갈지 모르니 언질 정도는 주는 편이 낫겠지."

칸타레스가 얼굴을 와락 찌푸렸다.

"그 부분은 폐하와 상의해야겠군. 외교 전반은 폐하께서 전담하시니까."

"가능하면 같은 편으로 끌어들이는 게 좋지 않아요?"

"그게 말이야 쉽지. 자신들 거주지 밖으로 좀처럼 나올 생각을 안 해. 인도적인 차원에서는 알려 주는 게 당연하겠지만, 협력은 기대 못 할걸."

단호한 대꾸가 돌아오자 아렌트가 애매하게 대답했다.

"글쎄요, 꼭 그렇지만은 않을걸요."

"뭐야. 네가 어떻게 알아?"

"뭐 그냥 감으로."

어깨를 으쓱하는 것으로 대충 둘러대 버린 아렌트는 주머니에 손을 푹 꽂았다.

'성검의 푸른 기사'에서 제국이 불바다가 되는 동안, 당연히 다른 나라가 그냥 손 놓고 보고만 있지는 않았다. 칼리온 제국과 인접한 작은 왕국은 용병을 지원해 주었고, 다른 나라들도 물자며 병력 지원을 보내왔다.

 이종족 역시 직간접적으로 도움의 손길을 뻗어 왔다. 전쟁을 지원하러 온 엘프 전사들도 있었고, 드워프는 무기를 대량으로 보내 주었다.

 하지만 그건 적 진영도 마찬가지였다. 당장 빈센트는 드래곤의 시체로 만든 구울을 끌고 나타났고, 남다른 강인함으로 라이오스의 앞을 가로막은 전사도 있었다.

 "또, 또 머리 굴러가는 소리 들린다."

 "네? 아……."

 칸타레스의 심술이 뚝뚝 떨어지는 목소리가 의식을 파고들었다.

 "어쨌든 지금 중요한 건 그게 아니야. 너, 오늘 저녁에는 시간 비워 둬."

 "왜요? 귀찮은데."

 "황태자가 시간 좀 내라는데 그딴 식으로 반응하는 놈은 너 하나밖에 없을 거다."

 짜증스레 쏘아붙인 황태자가 쯧, 혀를 차고는 덧붙였다.

 "아티팩트를 직접 발동해 봐야지. 아티팩트 다루는 건

아무래도 네가 제일 익숙할 테니, 다른 사람보다 네가 직접 해 보는 게 낫겠지."

"부탁하는 사람의 어조가 아닌데요, 그거."

"……부탁인데, 한 대만 쳐도 되냐?"

"할 수 있으면 해 보시든가요."

칸타레스는 다짐했다.

황태자로 책봉(冊封)되면서 잠시 내려놓았던 검 수련을 다시 시작해 저놈을 한 대 갈기고야 말겠다고.

* * *

칸타레스의 결심은 바로 그날 밤, 아주 최악의 형태로 실천되었다.

"전하."

"……왜."

"정말 새삼스러운 말이지만."

삐딱하게 선 아렌트가 잠시 단어를 고르듯 고개를 갸웃하며 뜸을 들였다.

"진짜 상태가 심각하시네요. 어떻게 이렇게까지 약하지?"

"……."

미처 반박 못 할 말에 칸타레스가 입을 꾹 다물었다.

이곳은 황태자의 전용 연무장.

명실상부 이곳의 주인인 칸타레스는 형편없이 주저앉은 채 겨우 숨만 고르는 처지였다. 그에 반해 아렌트는 약간 땀만 흘렸을 뿐 흐트러진 곳 하나 없이 멀쩡했다.

오랜만에 심기일전한 칸타레스는 약속 시간보다 먼저 와서 검을 수련하고 있었다. 그러다 마찬가지로 조금 일찍 온 아렌트와 우연히 마주쳤고…….

약간의 티격태격하는 말싸움 끝에 즉흥적인 대련이 시작됐으며…… 그 결과가 바로 이 꼴이었다.

"젠장, 어떻게 조금도 못 스쳐?"

"책상머리에서 매일 서류만 붙잡고 사는데 스칠 수 있을 리가요. 그러게 평소 남는 시간에 운동이라도 하시지."

"너, 맞는 말만 하다가 죽은 충신 이야기는 못 들어 봤냐?"

밉살맞은 말에 칸타레스가 끙, 앓는 소리를 냈다.

꽤 오랜 시간 동안 검을 놓고 살았지만, 설마 이렇게까지 일방적일 줄은 예상 못 했다. 나름대로 자신의 실력에 자부심을 갖고 있었는데 그게 산산이 박살 나는 순간이었다.

아무렇게나 던져둔 검을 갈무리한 칸타레스는 비척비척 몸을 일으켰다.

"듣자 하니 요즘도 비는 시간마다 연무장에 거의 처박혀 있다시피 한다면서."

"그것 말곤 딱히 할 일도 없고, 오래 살려면 단련해 둬야죠."

"그게 미움받는 걸 즐기는 놈의 생존 비결이냐?"

"미움도 관심이죠. 약간의 대가가 따르긴 하지만."

"정신 나간 놈."

곧바로 살벌한 욕설이 돌아왔지만 아렌트는 들은 척도 하지 않았다.

마침 그때 연무장 문이 열리고 라이오스와 제레온이 들어왔다. 평소처럼 인사를 건네려던 두 사람은 황태자와 견습 기사의 꼴을 보고는 약속이나 한 듯이 우뚝 걸음을 멈췄다.

검집에서 나와 있는 검, 누가 봐도 지친 기색의 칸타레스와 삐딱한 자세로 무심히 선 아렌트. 두 사람 다 상처는 없었지만 척 봐도 한바탕한 꼴이었다.

한참 동안 입만 벙긋대던 제레온이 정말 조심스럽게 질문했다.

"혹시 싸우셨나요?"

"……상식적으로 그게 말이 된다고 생각해? 잠깐 대련한 것뿐이야."

"아렌트 경이라면 전하와 드잡이하는 것도 가능할 것

같다는 생각이 들어서…… 하하, 죄송합니다."

제레온이 어색하게 웃음을 터뜨리자 라이오스 역시 슬그머니 시선을 피했다. 분명 같은 생각을 떠올린 거겠지.

칸타레스는 끙, 소리를 내며 몸을 일으켰다.

"쓸데없는 소리 하지 말고. 보석은 가져왔지?"

"네, 가지고 왔습니다."

제레온은 싱긋 웃으며 손에 들고 있던 나무 상자를 들어 보였다.

달칵 소리와 함께 잠겨 있던 상자가 열리자 새빨간 빛을 품은 보석이 모습을 드러냈다. 동시에 이것이 지닌 무시무시한 마력 역시 살벌하게 흘러나왔다.

칸타레스가 짧게 감탄을 터뜨렸다.

"역시 장난 아닌데?"

"슈타들러 백작님이 상자도 다시 제작해 주셨답니다. 마력이 외부로 흘러 나가지 않도록 신경 쓰셨대요."

"시간 낭비할 것 없이 바로 시험해 보죠."

아렌트는 장갑을 벗었다.

고개를 끄덕인 제레온이 상자를 그에게 넘기고 뒤로 물러섰다.

다른 이들이 거리를 확보할 때까지 기다리던 아렌트는 맨손으로 보석을 움켜쥐었다. 그러자 은근한 온기가 한순간 온몸을 휘감는 것이 느껴졌다.

처음 서리 어린 손길을 잡았을 때와 비슷한 감각이었다.

쯧 혀를 찬 아렌트는 손안에서 보석, '식지 않는 심장'을 데굴데굴 굴려 보았다.

"다치지 않도록 주의해라."

"화재가 벌어지고, 성벽이 무너졌다가, 아들이 갑자기 병에 걸렸다고 했죠?"

라이오스가 건넨 경고에 엉뚱한 대답이 돌아왔다.

"그래, 크롬웰 남작이 겪은 불행 중 하나 이상은 분명 그 보석 때문이겠지."

"음……."

그런 정보뿐이니 이 빌어먹을 아티팩트가 어떤 식으로 작용하는지 짐작하는 건 불가능했다.

'일단 불은 아닐 테고.'

그건 따로 소유주가 있으니까. 그쪽은 이름도 생김새도 똑똑히 기억하고 있었다.

식지 않는 심장은 소설에서도 제대로 등장하지 않은 물건이었다. 빈센트가 탈취한 뒤에도 전혀 언급되지 않았던 것을 보면 후방에서만 쓰였을지도 몰랐다.

아니면 의외로 쓸모가 없었거나.

아티팩트를 만지작대던 아렌트는 어깨를 으쓱했다.

"어쨌든 발동해 보면 알겠죠."

라이오스가 고개를 끄덕였다.

일행이 한 걸음 더 물러난 것을 확인한 아렌트는 망설이지 않고 아티팩트를 발동했다.

일순 따스한 기운이 손안에서 느껴졌다. 서리 어린 손길과는 정반대의 온기였다.

조금 더 정신을 집중하자 갑자기 마력이 한꺼번에 뭉텅이로 빠져나가는 게 느껴지더니, 손안에 갇혀 있던 온기가 혈액을 타고 전신으로 뻗어 나갔다.

그리고.

"어?"

의아한 소리를 낸 아렌트가 멍하니 눈을 끔뻑였다.

칸타레스가 인상을 찌푸렸다.

"왜 그래?"

"아뇨, 이건 뭔가…… 다른 방법으로 시험해 봐야 할 것 같은데."

애매하게 답한 아렌트는 잠깐 고민하다 갑자기 까득 소리가 날 정도로 제 손가락을 세게 깨물었다.

흰 손에서 피가 후두둑 떨어졌다.

다른 이들이 놀랄 틈도 주지 않고 아렌트가 다시 한번 아티팩트를 발동했다.

보석에서 피처럼 붉은빛이 터져 나오더니, 이내 다시 빨려 들 듯이 사그라졌다.

그리고 잠시 후.

그들은 아렌트의 상처가 씻은 듯 없어진 것을 발견했다.

"어?"

칸타레스의 입에서 얼빠진 소리가 나왔다. 제레온 역시 눈을 크게 떴다.

잠깐 고민하던 아렌트는 보석을 손에 쥔 채로 저벅저벅 일행에게 다가왔다.

"단장님."

"왜?"

"제가 딱히 유감이 있어서 이러는 건 아닙니다."

그 뜬금없는 말에 의아해하기도 전, 아렌트는 라이오스의 팔을 붙잡았다. 그 행동을 이해하지 못해 가만히 기다리기만 하던 단장은 다음 순간 느껴지는 통증에 멈칫했다.

두껍고 단단한 라이오스의 손가락에서 붉은 피가 후두둑 쏟아졌다.

이번에야말로 모두가 멍해졌다. 아무도 뭐라 말을 꺼내지 못하는 사이, 라이오스가 덤덤하게 운을 뗐다.

"상처가 옮겨졌군."

아렌트가 슬쩍 인상을 찌푸렸다.

"처음에 그냥 발동해 보니 보석의 마력이 제 신체를 한번 탐색하고 다시 돌아가는 느낌이 들었어요. 그러면서 피로감이 사라졌고."

진지한 건 성미에 안 맞는 사람 〈221〉

"부상이나 병을 회복시킨 다음, 다른 대상에게 옮기는 건가?"

제 손끝에서 흐르는 피를 보며 라이오스가 중얼거렸다. 그제야 퍼뜩 정신을 차린 제레온이 손수건을 꺼내 그에게 건네주었다.

"단장님, 이걸로 우선 지혈하세요."

"이러니 슈타들러 백작님도 헤매실 수밖에요."

"이런 건 들어 본 적도 없어. 그냥 치료하는 것도 아니고, 상처를 남에게 옮긴다니."

아렌트가 씁쓸하다는 듯 목소리를 내자 칸타레스 역시 미간을 살며시 찌푸렸다.

크롬웰 남작의 아들이 갑자기 앓아누운 것도 이런 연유인 듯싶었다. 마지막으로 누군가의 병을 치료한 뒤 봉인된 보석을 어쩌다가 건든 아이가 봉변을 당한 거겠지.

그 자리에서 죽지 않은 것이 천운이었다. '식지 않는 심장'의 전 주인들이 의문사한 것도 아마 그런 연유인 듯했다.

"이런 마법이 있나?"

"그냥 회복이라면 몰라도, 타인에게 전달하는 형태의 마법은 저도 들어 본 적이 없습니다. 게다가 치료 마법은 상처에만 통하지 병을 낫게 하지는 못하는데……."

고민에 빠진 제레온이 중얼거렸다.

"한편으로는 신성력과 비슷할지도 모르겠습니다만……."
"신성력?"
"네, 신성력은 강한 치유 능력을 지닙니다. 아까 아렌트 경께서 느낀 감각도 신성력이 작용할 때와 비슷한 것 같고요."

그리고 신성력은 마법과는 달리 병을 치료할 수도 있었다. 상처를 타인에게 옮긴다는 점은 상당히 수수께끼였지만.

입을 꾹 다물고 있던 칸타레스가 굉장히 꺼림칙하다는 표정을 지으며 지금까지의 감상을 말했다.

"그래도 이건 신성한 것보다…… 오히려 저주에 더 가까워 보이는데."

그의 말대로 식지 않는 심장이 품은 마력은 굉장히 불길하게 느껴졌다.

"그리고 신성력이었다면 아마 슈타들러 백작이 먼저 알아봤을걸."

"인간이 제작한 것이 아니라고 말씀하셨습니까?"

그때 묵묵히 있던 라이오스가 입을 열었다.

"그렇다면 마법이나 신성력이 아니라 이종족의 고유한 술법 중 하나일 가능성도 있습니다."

"음…… 그것도 고려를 해 봐야겠군."

침음을 흘린 칸타레스가 다시 아렌트를 보았다.

"그래서 이건 어떻게 할까?"

"왜 저한테 묻는데요?"

"이걸 손에 넣겠답시고 그 난리를 친 게 너잖아."

"흠."

눈치를 보니 제레온 역시 같은 생각인 모양이었다.

사실 목적은 아티팩트가 아니라 빈센트를 없애는 거였지만, 깊은 속사정까지야 저들이 알 리 만무했다. 라이오스만이 뭔가를 짐작한 듯 가만히 입을 다물고 있을 뿐이었고.

짧게 고민을 마친 아렌트가 입을 열었다.

"불길하든 뭐든 처박아 두기는 조금 아깝고, 이왕 손에 넣은 거 황태자 전하께서 사용하시면 어떻습니까?"

"나?"

예상치 못한 말인지 칸타레스가 눈을 동그랗게 떴다.

"저기, 죽기 직전이라도 발동만 할 수 있으면 살아남을 수 있는 거 아니에요? 그럼 위험한 순간에 제 몸을 지켜낼 능력이 없는 사람에게 가는 게 맞죠."

거기까지 이야기한 아렌트는 은근한 시선으로 황태자를 훑어보았다.

"전하께서는 견습 기사한테도 못 이길 정도로 약해 빠지셨잖습니까."

스릉.

황태자의 검이 반쯤 뽑혀 나오다가 제레온에게 저지되었다.

"전하, 본전도 못 찾으실 테니 그냥 참으시는 게……."

"네가 더 얄미운 거 아냐?"

상냥하게 미소 짓는 보좌관에게 황태자가 사납게 으르렁거렸다. 그 와중에 여전히 침착한 라이오스가 고개를 끄덕였다.

"저도 전하께서 지니시는 게 옳다고 생각합니다. 만에 하나라는 게 있으니까요."

황태자는 지금 칼리온 제국에서 가장 없어서는 안 될 사람이었다.

칸타레스는 끙, 소리를 내며 검을 다시 집어넣었다.

"하지만 그렇다면 좀 더 자세히 조사해야 할 필요가 있습니다. 혹여 부작용이라도 있다면 큰일이니까요. 적어도 이 마법의 정체가 뭔지는 파악해 둬야 할 듯합니다."

"그렇다면……."

잠깐 고민하던 제레온이 고개를 갸웃했다.

"루미엘 신관님께 자문을 구해 보면 어떨까요? 신관님께서는 수련 기간에 대륙을 떠돌아다니셨다고 들었습니다. 엘프나 드워프와도 교류를 활발하게 하셨다지요."

"그러고 보니 그랬지."

어쩌면 그녀에게서 실마리를 찾을 수 있을지도 몰랐다.

하지만 딱 한 가지 걸리는 점은…….

"아티팩트와 관련된 정보는 아직 공개하지 않았는데…… 괜찮을까요? 적의 물건을 사용한다는 것에 거부감을 보이실지도 모릅니다."

"하지만 언제까지고 쉬쉬할 수는 없는 노릇이지. 악신이 엮인 일이라면 언젠가는 신전과 함께 나서야 할 거야."

제레온이 염려스럽게 말을 건네자, 그사이 생각을 정리한 칸타레스가 그렇게 대답했다.

황태자는 동의를 구하듯 라이오스와 아렌트 쪽을 보았다.

두 사람 역시 딱히 이견은 없었다.

* * *

칼리온 제국 황실과 루체 신은 떼려야 뗄 수 없는 관계였다.

영웅 칸이 루체 신의 이름으로 제국을 세운 만큼 루체 신을 모시는 신전의 공식적인 수장 역시 황제였다.

하지만 황실은 정무와 국가 운영에 집중하고, 제국 각지에 퍼진 신전과 신도들을 관리하는 것은 대신전에 자리 잡은 대신관과 제국 전역에 파견된 신관들이었다.

황궁 내에 자리 잡은 대신전은 제국 내 모든 루체교 신도들의 구심점이었다.

신관을 파견하거나 교육시키고, 그들을 운용해 어려운 이들에게 봉사의 손길을 뻗거나 각종 행사를 기획하는 것까지.

루체교의 모든 것이 그들에게 달려 있다고 말해도 무방했다.

이상이 아서의 설명이었다.

"그럼 루미엘 신관님은 어떤 분인데요?"

"그야……."

말을 고르듯 아서는 잠깐 눈동자를 데굴, 굴렸다.

"대단하신 분이지. 대신관 자리에도 충분히 오르실 수 있었지만 스스로 거절하셨다고 들었어. 자리에 얽매이지 않고 세상에 봉사하고 싶다면서."

"대신관은 황제 폐하께서 임명하시는 거죠?"

"그렇지, 제국 수도의 대신관은 루체교의 수장이 되는 거니까. 성직자들의 추천을 받아서 후보를 선택한 뒤 그 중에서 임명하신대."

"흐음."

원래 세계로 말하자면 국가 안에 존재하는 교황청 같은 형태였다.

아렌트가 납득하고 생각을 정리하던 중, 아서가 조금

힘겹게 다시 입을 열었다.

"……그런데 넌 그런 걸 왜 물구나무를 서는 중에 묻냐?"

"딴생각이라도 하면 좀 덜 힘들까 싶어서."

"그럼 그냥 포기해. 뭘 억지로 버티고 난리야?"

"아직 2분 남았습니다."

"독한 자식."

부들부들 떨리기 시작한 팔을 억지로 지탱하며 아서가 욕설을 내뱉었다.

아렌트와 아서는 지금 연무장 구석에서 나란히 물구나무서기를 하던 차였다. 땀이 중력을 따라 아래로 후두둑, 떨어졌다.

"……루미엘 신관님은 황제 폐하와 춘추도 비슷하시고, 제국에서 제일 존경받는 신관 중 한 분이시지. 대신관님도 함부로 대하지 못하신다던데."

"아하, 생각 이상으로 대단한 사람이네요."

"근데 루미엘 신관님은 왜?"

"아뇨, 그냥."

마찬가지로 슬슬 버거워하는 몸을 다잡으며 아렌트가 짧게 대꾸했다.

"오늘 잠깐 보자고 하셔서."

"뭐? ……으악!"

쿵!

순간 균형을 잃고 휘청한 아서가 꼴사납게 바닥을 뒹굴었다. 마지막까지 꼿꼿한 자세를 유지하던 아렌트는 두 다리를 내리고 사뿐히 바닥에 내려앉았다.

"왜 그렇게 놀라는데요?"

"그럼 안 놀라겠냐, 이 자식아! 신관님이 널 왜?"

단박에 비명 같은 소리가 터져 나왔다. 연무장 안에 아무도 없는 게 다행스러운 일이었다.

"목소리 좀 낮춰요. 그냥 잠깐 대화해야 할 일이 생겨서요. 저도 이렇게 될 줄은 몰랐는데."

그날 짧은 논의가 오간 뒤, 칸타레스는 지체하지 않고 루미엘 신관에게 개인적인 연통을 넣었다. 진귀한 물건이 손에 들어왔는데 정체를 알 수가 없어 자문을 구하고 싶다고.

하지만 돌아온 답신은 뜻밖이었다.

청을 기쁘게 받아들이겠다는 내용과 함께, 하지만 황태자 전하나 라이오스 단장님은 바쁜 몸이실 테니 대신 아렌트 경을 보내 달라는 요청이 있었다.

"너, 황궁에 들어오고 나서 신전에 가 본 적은 있냐?"

"아니요, 딱히 신한테 뭘 비는 편은 아니라서."

"이런 놈이 어쩌다가 루미엘 신관님이랑 독대를……."

아서가 허탈하게 중얼거렸다.

"그러는 선배도 딱히 열심히 기도하는 편은 아니잖습니까. 다른 선배들도 자주 드나드는 것 같지는 않던데."

"그래도 주기적으로 한 번씩은 방문하지. 리히트 선배님은 틈날 때마다 가시는 것 같던데."

"그건 몰랐네."

아렌트는 괜히 뒷목을 매만졌다.

이 제국에서 루체 신의 존재는 마치 사방에 당연히 존재하는 공기와 같았다.

지금 당장도 조금만 눈을 돌리면 연무장 기둥을 장식한 천사들의 형상이 보였고, 루체 신을 본떠 만든 장식품이나 성상(聖像) 또한 어디에서나 쉽게 찾을 수 있었다.

그것만 봐도 제국민들이 루체 신을 얼마나 사랑하는지 쉽게 짐작할 만했다.

'루미엘 신관이라……'

실제로 본 것은 회의 때 잠깐뿐이었다. 하지만 낯설다, 라고 말할 수 없는 것은, '성검의 푸른 기사'에서 묘사된 그녀의 모습을 기억하기 때문이었다.

그녀가 고군분투하며 부상병을 구하던 장면이 자연스레 떠올랐다.

신의 힘을 몸에 담은 신관들은 신성력이라는 힘을 사용할 수 있었다.

신의 축복을 받은 성수(聖水)와 신관의 신성력은 강력

한 회복 능력을 지녔다. 그리고 신관의 능력에 따라 방어 결계를 펼치는 것도 가능했다.

마법사들이 모두 전투 현장에 내몰린 내전 중, 후방에서 아주 유용하게 활용된 능력이었다.

"어쨌든 전 슬슬 가 보겠습니다. 괜히 다른 사람들한테 말하지는 마시고."

"하루도 빠짐없이 그렇게 빨빨 싸돌아다니면 피곤하지도 않냐?"

매일같이 귀족들을 만나고 다니며 수작을 부렸던 게 고작 얼마 전의 일이었다.

아서가 질린 소리를 내자 아렌트가 어깨를 으쓱했다.

"전 젊어서 괜찮아요. 선배랑 다르게."

"뭐야. 난 늙었단 소리냐?"

"따지고 보면 선배도 아직 창창할 나이긴 한데."

말끝을 흐리며 자기를 아래위로 훑어보는 시선에 아서가 인상을 팍 찌푸렸다.

"뭐 이 자식아."

"물구나무도 제대로 못 서는 걸 보니, 설마 벌써 힘에 부칠 때가 됐나 하고요. 관리 잘하십쇼."

"야, 그건 네가 갑자기…… 야, 야!"

짜증이 가득 실린 대꾸가 채 끝맺기도 전, 아렌트는 그를 버려두고 어슬렁어슬렁 걸어가 버렸다.

진지한 건 성미에 안 맞는 사람 〈231〉

뒤에서 아서가 뭐라 뭐라 발악해 대는 게 들려왔지만 익숙하게 무시해 버렸다.

'이 망나니 놈은 신앙 생활이랑은 제법 거리가 멀었던 모양이지.'

자신 역시 신을 믿어 본 적은 없지만 그렇다고 기도를 안 해 본 건 아니었다.

무대 위에서 읊던 절절한 기도문들을 떠올려 보던 아렌트는 곧 고개를 내저었다.

지금 제가 연기하는 '아렌트'는 신에게 뭔가를 바라는 놈이 아니었다. 죽기 직전까지 기도는커녕 입을 꾹 다문 채 라이오스만 노려보던 녀석이니까.

그렇게 행동 방침이 정해졌다.

* * *

깨끗하게 씻은 다음 땀에 전 제복을 갈아입자마자 아렌트는 신전 쪽으로 걸음을 옮겼다.

황도 외곽 쪽에 자리 잡긴 했지만 아렌트는 어렵지 않게 길을 찾을 수 있었다.

입구의 정원은 황궁의 다른 영역보다 소박하고 단정한 분위기였다. 그 덕분에 어마어마한 크기의 루체 신 석상이 더욱 도드라져 보였다.

아렌트는 넋을 놓고 터벅터벅 석상 쪽으로 다가갔다.

건물과 높이가 비등할 정도로 거대한 석상이었다. 세월의 흔적이 고스란히 드러났지만, 신관들이 애정 어린 손길로 관리해 온 건지 훼손된 부분은 전혀 보이지 않았다.

보통 루체 신은 발끝까지 흘러내리는 곱슬머리의 장발을 가진 중성적인 존재로 묘사되었다.

하늘하늘 흘러내리는 옷 주름 하나하나마저 섬세하게 표현된 거대한 조각이, 성검을 치켜든 채 위풍당당하게 선 모습은 그야말로 장관이라 할 수 있었다.

석상과 같이 새하얀 빛을 띤 신전은 어딜 가든 번쩍번쩍한 황궁의 다른 건물들보다 확연히 세월감이 느껴졌다.

제국 황도에 있는 대신전치고는 수수함이 느껴지는 외양이었지만, 그 덕에 더욱 엄숙하고 경건한 분위기를 자아냈다.

"아렌트 폰 에크하르트 경 되십니까?"

한참이나 눈을 깜빡이고 서 있던 아렌트는 바로 옆까지 다가온 누군가의 목소리에 퍼뜩 정신을 차렸다.

고개를 돌리자 새하얀 옷을 걸친 청년 한 명과 눈이 마주쳤다. 그가 정중히 묵례하며 말을 이었다.

"루체 신을 모시는 종, 벤노라고 합니다. 루미엘 신관님의 부탁으로 아렌트 경을 모시러 왔습니다."

"아…… 네, 벤노 신관님."

아렌트가 대강 고개를 끄덕이자 자신을 벤노라 소개한 성직자가 빙그레 미소 지었다.

"이것 참 영광이네요."

"예?"

"아렌트 경과 직접 대화를 나눠 본 루체 신의 종은 제가 처음일 테니까요. 황궁에서 제일 유명하신 아렌트 경이신데, 당연히 영광스러울 일이죠."

혹여 다른 사람에게 들리기라도 할까 잔뜩 목소리를 죽여 대답한 벤노가 다시 씨익, 웃어 보였다.

"황도의 대신전에 오신 걸 환영합니다, 아렌트 경. 생각보다 볼품없어 보일지도 모르지만 역사가 굉장한 건물이랍니다. 무려 이 제국에서 가장 먼저 세워졌으니까요."

그러더니 묻지도 않은 말을 줄줄 읊기 시작했다.

"이 신전은 전쟁이 끝난 뒤 아직 수습되지 않았던 폐허 한가운데에 건설되었지요. 그때는 다들 의지할 곳이 필요했을 테니까요."

"그럼 황궁이 나중에 지어진 겁니까?"

"네! 그리고 황궁은 그 이후에도 증축하고, 몇몇은 아예 허물었다가 다시 지은 곳도 있지요. 그러니 그때의 외형을 그대로 지닌 것은 여기뿐이라고 말해도 과언이 아니랍니다."

벤노의 뒤를 따라 걸으면서 아렌트는 힐끗힐끗 곁눈질로 주변을 살폈다. 외부가 수수한 만큼 내부도 전체적으로 조용하고 단정한 분위기로 장식되어 있었다.

과한 장식물은 보이지 않았고, 대신 창문에 가득 자리 잡은 알록달록한 스테인드글라스가 간소한 장소에 화려함을 더했다.

빛 그 자체인 루체 신을 상징하는 거였다.

'조용하네.'

사람이 영 없는 것도 아니었지만 소음은 거의 들리지 않았다. 수다를 떨던 벤노도 다소곳이 입을 다문 채였고, 이따금 지나치는 신관들도 발걸음을 옮기는 데에 집중했다.

그러면서도 그를 향해 호기심 어린 눈길을 숨기지 못하는 것을 보니, 아무래도 아렌트의 악명은 이런 신성한 곳까지 자자하게 퍼진 듯했다.

그리 생각하니 조금 뿌듯했다.

"저쪽 기도실입니다."

한발 먼저 종종걸음을 쳐 나아간 벤노가 오래된 나무 문을 똑똑 두드렸다. 그러고는 따로 허락을 기다리지 않고 스르륵 문을 열어 주었다.

"저는 여기에서 기다리겠습니다. 편히 대화 나누세요."
"뭐…… 감사합니다."

제가 생각해도 심드렁한 대답이었지만 벤노는 그마저도 좋은지 히죽 웃으며 고개를 숙였다.

기도실 안으로 들어가자 벤노가 조용히 문을 닫아 주었다.

아렌트는 제 눈앞에 갑자기 닥쳐온 빛에 살짝 눈살을 찌푸렸다.

높은 곳에 달린 창문으로 따스한 햇볕이 한껏 스며들어 공간을 한가득 채웠다. 빛이 드는 창문 바로 아래에는 양팔을 벌린 루체 신의 석상이 신도들이 앉아 기도하는 의자를 자비롭게 내려다보고 있었다.

신의 맞은편에 다소곳이 앉아 있던 루미엘 신관이 고개를 들어 아렌트를 보았다.

주름진 얼굴에 푸근한 미소가 드리웠다.

"번거로우셨을 텐데 여기까지 찾아와 주셔서 감사합니다, 아렌트 경."

새하얀 옷으로 온몸을 감싼 그녀의 주변으로 밝은 햇살이 쏟아졌다. 마치 빛의 사랑을 받는 것 같은 모습이었다.

"앉으세요, 아렌트 경. 이야기가 길어질 것 같으니까요."

몸을 일으킨 루미엘 신관은 자신이 앉아 있던 자리를 내주었다.

잠깐 멍하니 있던 아렌트가 퍼뜩 정신을 차렸다.

"저는 서 있는 게 편합니다."

"아렌트 경과 얼굴을 마주 보고 싶어서 그런답니다. 아렌트 경은 저보다 키가 크시니, 앞에 서 계신다면 편히 대화를 주고받을 수 없을 듯하니까요."

조곤조곤 이어진 루미엘 신관의 말에 아렌트는 어깨를 으쓱하고는 주변을 둘러보았다.

석상 앞, 다른 곳보다 바닥을 높게 만들어 둔 단상이 있었다. 설교하거나 기도할 때 쓰는 자리인 듯했다.

아렌트는 거기에 털썩 걸터앉아 버렸다.

"그럼 저는 여기에 앉겠습니다."

그의 눈높이는 루미엘 신관보다 한참이나 낮아져 있었다. 루미엘 신관은 어쩔 수 없다는 듯이 웃음을 터뜨리고 다시 자리에 앉았다.

"알겠습니다. 고마워요. 황태자 전하께 조금 억지를 부렸는데…… 이렇게 청을 들어주시니 그저 감사할 따름이에요. 사실 전하께서는 그다지 내켜 하지 않으시는 듯했지만요."

"뭐…… 왜 그러셨는지 대충 짐작은 됩니다만."

자신이 신관에게 무례하게 굴까 봐 전전긍긍하는 칸타레스의 모습이 눈에 선했다.

루미엘 신관이 푸근하게 미소 지으며 천천히 본론을 꺼냈다.

"일부러 아렌트 경계 방문해 달라 부탁드린 것은, 저 역시 한 가지 청을 드리고 싶어서입니다."

"신관님께서요? 아니면 대신전의?"

"아니요, 오로지 저 개인의 청입니다. 황태자 전하께서 이 루미엘에게 자문을 구하고 싶다 말씀하신 것처럼요."

부드럽지만 분명한 대답이 돌아왔다.

아렌트는 멀뚱멀뚱 눈을 깜빡였다.

'이건 또……'

의외의 상황인데.

아무래도 일이 재미있게 돌아갈 것 같다는 직감이 들었다.

개인의 부탁이라는 점을 콕 집어 말한 루미엘 신관의 한마디는 참 의미심장했다.

칸타레스의 연락이 신전 전체가 아닌, 자기 자신에게만 한정된다는 것을 알아차린 모양이었다. 또한 그것이 어떤 의미인지도.

"황태자 전하의 직무에 비할 수 있겠느냐마는, 저의 책임 역시 막중하답니다. 제게는 과분하고 소중한 일이지만…… 종종 진솔한 대화를 나누기에는 다소 거추장스러울 때도 있답니다."

아렌트가 어떤 생각을 하는지 짐작한 듯 신관이 부드럽게 말을 이었다.

"그렇다면 저를 호출하신 까닭은요?"

"그야 편하게 대화할 수 있는 상대로는 아렌트 경이 가장 좋다고 생각했기 때문이지요. 황태자 전하를 스스럼없이 대하는 모습에서 확신했답니다."

하긴 체면을 중시하는 다른 귀족 나리들이라면 꿈도 못 꿀 일이긴 했다. 예의고 나발이고 전혀 신경 쓰지 않는 아렌트에게나 가능한 일이지.

굳이 부정도 긍정도 하지 않은 채 아렌트는 루미엘 신관을 물끄러미 바라보기만 했다.

"그리고 개인적인 호기심도 있었지요. 아주 인상 깊었던 나머지 한번쯤은 사석에서 대화를 나누어 보고 싶던 것도 있어요."

"반항아가 취향이십니까?"

"후후후. 아무래도 눈에 띄면 더욱 정이 가는 법 아니겠어요?"

삐딱한 물음에 연륜 있는 농담이 돌아왔다.

빙그레 미소 짓는 얼굴은 그저 온화하기만 했지만, 아렌트는 그녀를 더 이상 그저 사람 좋은 노인으로만 볼 수 없었다.

'보통이 아닌데.'

아무래도 만만하게 볼 상대는 아닌 것 같았다.

"대신관님과는 상의가 끝나신 겁니까?"

진지한 건 성미에 안 맞는 사람 〈239〉

"어디까지나 제 개인적인 판단이랍니다. 대신관님은 달가워하지 않으실 테니까요."

"어째서요?"

"음, 이야기가 조금 복잡합니다만……."

루미엘 신관이 쓴 미소를 지었다.

"아무래도 내막을 조금 말씀드리는 것이 옳겠지요, 아렌트 경?"

"그래 주시면 저야 감사하고요."

상당히 건방진 대답이었지만 신관은 개의치 않았다.

말을 고르듯 한동안 뜸을 들이던 그녀가 천천히 운을 뗐다.

"신전과 황실이 따로 운영된다는 것은 경께서도 잘 알고 계시지요?"

마치 옛날이야기를 들려주는 노인처럼, 나긋나긋한 어조로.

"평화로운 시대에 성검을 들 영웅은 황족이 아니라도 좋다, 성검을 내려놓은 황실은 그저 제국의 수호자로 족하다…… 이건 초대 황제 폐하께서 물러나실 때부터 전해진 뜻이랍니다."

어린아이에게 설명하는 것처럼 조곤조곤한 어조가 이어졌다.

"저희 신전이 황실에 간섭하지 않는 것 역시, 신을 모시는 자들은 세속적인 권력과는 거리를 두어야 한다는 점에서 온 전통입니다."

"뭐랄까. 참……."

가만히 듣던 아렌트가 입을 열었다.

"상당한 모험이었네요."

각자의 영역을 존중하며 참견하지 않고, 더 나아가 서로 감시자의 역할도 겸해 부정을 막는다.

나쁘지 않은 방법이었다. 견제를 통해 부패한 성직자나 폭군이 제국을 망치는 걸 막을 수 있으니까.

하지만 동시에 제법 위험한 발상이기도 했다. 건국 초기에는 권력을 분산하는 것보다 한데 끌어모으려 하는 것이 보통일 텐데.

영웅 칸이 황제 자리에서 물러난 시기라고 해 봤자 제국이 성립하고 20여 년 정도 뒤였을 테고. 더군다나 큰 전쟁이 전 세계를 휩쓸고 난 직후였으니, 그가 황제로 있는 동안은 수습하느라 정신없었을 터였다.

그런데도 신전과 황실을 분리하고 서로 견제할 생각을 했다니.

"그렇지요? 저도 참 지혜로운 방안이라고 생각했습니다. 그 규칙이 잘 이어진 덕에 제국은 이리 강성할 수 있었지요."

한순간 상념에 빠졌던 아렌트는 이어진 인자한 목소리

에 퍼뜩 정신을 차렸다.

"상호 불가침은 지금까지 철저하게 지켜져 왔어요. 하지만 지금은 상황이…… 그렇지요. 악신이라는 말이 나온 순간, 저희 역시 가만히 손 놓고 있을 수는 없게 되었습니다."

"그러면 황실이랑 공식적으로 손을 잡으면 되는 문제 아닙니까?"

"물론 그렇게 되면 참 좋겠지만, 안타깝게도 대신관님이 그것을 원치 않으셔서요."

"아……."

지금까지의 상황을 이해할 수 있는 한마디였다.

"그러고 보니 지난 회의 때 대신관님은 참석하지 않으셨죠?"

"네, 제가 대리로 참석했습니다. 회의 결과를 전해 드렸더니……."

"상당히 언짢아하셨다고요?"

루미엘 신관이 말끝을 흐리자 아렌트가 대신 뒤를 이어 주었다.

신관이 가볍게 고개를 끄덕였다.

"네, 이렇게 큰 소동이 벌어질 일이 아닌데 어째서들 이리 경거망동하는 것이냐며 역정을 내셨지요. 황실에 반발하는 무리는 늘 존재해 왔고, 그들이 새삼 악신의 사도를 사칭한다 한들 이리 황궁이 떠들썩해져선 안 되는 일이라고요."

"사칭이라…… 그렇게 받아들이셨단 말이죠."

"이걸 새삼스레 입 밖에 내기도 조금 곤란한 일이지만……."

짧게 한숨을 내쉰 루미엘 신관이 목소리를 더욱 죽여 말을 이었다.

"지금 상황 자체가 황태자 전하께서 꾸미신 게 아닐까, 라고까지 말씀하셨습니다. 그리고 정말 송구한 말씀이지만, 다른 신관들 중에서도 그리 여기는 이들이 있고요."

"음…… 서로 분열되었다는 말씀이십니까?"

"그 직전까지는 치달았다고 봐야겠지요. 우선 대신관님과 저의 의견조차 이리 다르니 말이에요."

솔직히 이건 예상 못 한 상황이었다. 설마 신전 쪽에서 이렇게 나오다니.

"혹시 자세한 까닭은 아십니까?"

"대충 짐작은 한답니다. 우선은 믿기 힘든 거겠죠. 평화로운 시대에 갑자기 악신을 믿는 자들이 등장했다고 하니까요."

잠깐 뜸을 들이던 루미엘 신관이 덧붙였다.

"무엇보다 아직 성검이 반응하지 않았다는 부분이 큰 듯합니다. 제국에 큰 위험이 닥치면 성검이 자신의 주인을 찾는다…… 이 이야기는 아렌트 경도 충분히 아시겠지요."

"정말로 악신이 나타난 거라면 성검이 가장 먼저 나섰어야 하는 것이 아니냐, 그런 이야기입니까?"

"네, 그렇답니다."

노회한 신관이 천천히 고개를 끄덕였다.

"성검이라는 건…… 무조건 악신에만 반응하는 겁니까?"

"그렇게 단순한 문제는 아니라고 생각해요. 이건 단지 제 의견일 뿐이지만."

잠깐 단어를 고르듯 뜸을 들이던 그녀가 다시 운을 뗐다.

"신이 이 세계에 개입해야 할 정도의 위기가 닥치면, 그때야말로 성검을 통해 루체 신의 계시가 내려오는 것이 아닐까요?"

"개입…… 말씀이십니까?"

"아렌트 경, 세계를 유지할 때 가장 중요한 게 뭔지 아시나요?"

루미엘 신관이 엉뚱한 물음을 던졌다. 어린 기사가 고개를 절레절레 내젓자 신관이 친절하게 설명해 주었다.

"세계는 균형과 조화로 이루어진답니다. 빛이 있으면 그림자가 있고, 좋은 일이 있으면 나쁜 일도 있답니다. 신께서는 세상의 균형을 맞추는 것으로 우리를 보호하고 지켜 주시지요."

루미엘 신관이 입가에 부드러운 곡선을 드리웠다.

"세계가 균형을 잃을 때가 되어서야 루체 신께서 직접 손을 뻗어 주실 거라고, 저는 그리 믿는답니다. 쉽게 말해, 아직은 그분이 직접 나서실 때가 아닌 거지요."

"아아……."

아렌트가 애매하게 고개를 끄덕였다.

솔직히 슬슬 궁금해지던 부분이긴 했다. 어째서 아직까지 성검이 잠잠한 건지.

"그럼 지금 상황이 최악은 아니라는 뜻이네요."

"그렇지요. 그리고 다른 이유로는…… 이건 아렌트 경께서도 충분히 체감하신 일이겠지만."

루미에 신관의 미간이 처음으로 살며시 구겨졌다.

"최근 황태자 전하께서 많은 이득을 취하셨지요. 그것 때문에 진정성을 의심해 볼 수밖에 없다고, 대신관님께서 그리 말씀하셨습니다."

"오……."

비슷한 레퍼토리가 끊이질 않는군.

아렌트가 한숨을 푹 내쉬는 사이 신관의 말이 이어졌다.

"특히 그 회의를 계기로 분산되었던 귀족들이 다시 황실 아래에, 정확히는 황태자 전하 아래에 고개를 숙이게 되었으니…… 그 점이 대신관님께서는 못마땅하셨던 거겠지요."

"왜요?"

"이건 미진한 저의 추측일 뿐입니다만, 신전 역시 그 대상 중 하나가 될 거라 여기신 모양입니다."

그럴 리 없다. 귀족들을 한데 묶은 것만으로도 황태자는 일에 치여 죽어 가고 있으니까. 하지만 대신관이 그런 속사정을 알 리가 만무했다.

아렌트는 머릿속에 떠오른 한 가지 가능성에 입을 열었다.

"혹시 대신관님은 황실을 경쟁자로 여기시는지?"

"글쎄요…… 어쩌면 그럴지도 모르겠습니다."

신관의 고개가 무겁게 끄덕여졌다.

"지금까지는 미처 생각해 보지 못한 부분이지만, 저 역시 대신관님과 대화를 나누며 그리 느꼈답니다."

"루미엘 신관님도 같은 생각이십니까?"

"그랬다면 제가 지금 아렌트 경과 이리 마주 앉아 있지는 않겠지요."

루미엘 신관이 쓴웃음을 지었다.

"저는 대신관님과는 다른 생각입니다. 그리고 저와 뜻을 같이하는 신관들도 제법 있어요. 아까 만나셨을 벤노 신관도 그중 한 명이지요."

"그분들은 어째서요?"

"누군가가 피를 흘렸고, 그 덕에 처단된 악인이 있으니까요."

경매장에서 벌어진 일을 뜻하는 거였다.

루미엘 신관이 조용히 덧붙였다.

"악의에 의해 숱한 사람이 목숨을 잃을 뻔했지요. 그걸 직접 나서서 막아 낸 사람이 바로 여러분이고요."

"……."

"제국에 무슨 일이 벌어지고 있다는 것은 신전 역시 충분히 인지하고 있었습니다. 전하께 수상한 전서구가 날아든 것도, 아렌트 경이 갑작스레 체포되었던 것도요."

지금까지 끼어들 구석은 충분히 있었다.

"전서구가 날아들었을 때 전하와 폐하께서는 분명 신전에도 조언을 요청하셨습니다. 하지만 저희는 지금껏 그저 황실의 일이라며 지켜보기만 했지요."

"……."

"여러분이 피 흘리고 희생을 치르며 지금에 다다르기까지 그저 방관만 한 이들에게 의심할 자격이나 있을까요?"

한 치의 흔들림 없는 대답이었다.

아렌트는 머리를 벅벅 긁었다.

"사정은 잘 이해했습니다. 그래서 본론은요?"

"대신관님은 황실의 수사에 협조하지 않을 가능성이

크다고, 개인적으로는 그렇게 판단했습니다. 물론 제가 설득할 테고 마음을 바꾸실지도 모르지만, 당분간은 어려울 듯해요. 그러면 피차 곤란한 일이 벌어질지도 모르겠지요."

루미엘이 차분하게 말을 이었다.

"그것을 막고자 저는 황실에 협조하겠습니다. 자문이 필요하다고 말씀하셨지요? 제가 견식이 높지는 않지만 그래도 어느 정도 나잇값은 할 수 있답니다. 저와 저를 따르는 이들의 지혜를 빌려드리겠어요. 그 대신."

잠깐 끊어졌던 목소리는 이내 다시 매끄럽게 흘러나왔다.

"적어도 저희는 황실과 뜻을 함께한다는 걸 알아주셨으면 좋겠어요. 저 또한 조언을 아끼지 않을 테니, 이따금 수사 진척 상황 역시 공유해 주셨으면 합니다."

"끙. 이건 제가 지금 대답할 수 있는 건 아닌 것 같고, 황태자 전하께 전해 드리겠습니다. 뭐, 거절하실 것 같지는 않습니다만."

"네. 그것으로 충분하답니다, 아렌트 경."

푸근한 미소를 지은 루미엘 신관이 천천히 고개를 끄덕였다.

"이야기를 들어 주신 것으로도 충분히 감사합니다."

"그러면 다른 이야기는 일단 황태자 전하의 대답에 따

라 달려 있겠군요."

"후후. 그렇게 되겠네요. 죄송합니다."

황태자가 긍정적인 답을 보여야만 루미엘 신관은 자신이 아는 것을 알려 줄 것이다. 더없이 다정한 듯 보였지만 역시나 그저 사람이 좋기만 한 건 아닌 모양이었다.

천장에 가까이 있는 창문에서는 여전히 따스한 햇볕이 쏟아지고, 루체 신의 신상이 두 사람을 굽어보았다.

"신전과 황실이 분리된 것은 서로 협력하기 위함이라 믿습니다. 대립하는 것이 아니라요. 대신관님의 권위에 도전하고 싶은 마음은 없습니다만…… 저는 가능하다면 여러분과 함께 피를 흘리고 싶습니다. 신을 위해서, 그리고 제국을 위해서."

햇살을 고스란히 받은 백의의 신관은 마치 스스로 빛을 품은 것처럼 보였다. 그 햇살만큼이나 온기 어린 목소리로 신관이 축복을 내렸다.

"앞으로도 아렌트 경께서는 적과 가장 가까운 곳에서 사투하시겠지요. 신의 보호 아래에, 부디 아렌트 경의 앞날에 큰 고비가 없기를 바랍니다."

살면서 신앙이라는 것을 가져 본 적은 단 한 번도 없었다.

지금도 마찬가지였다.

하지만 신의 이름을 빌려 진심 어린 말을 건네는 저 목소리는 썩 나쁘지 않게 들렸다.
 어떻게 대답할지 잠깐 고민하던 아렌트가 입을 열었다.
 "걱정 마세요. 진짜 위험해질 것 같으면 제일 먼저 도망칠 생각이라."
 "……."
 순간 루미엘 신관이 멍한 표정을 지었다.
 아렌트는 뻔뻔하게 그녀를 마주 봤다.
 역시 이래야지. 지나치게 진지한 건 아무래도 성미에 안 맞았다.

5장. 어디 한번 말해 봐라

어디 한번 말해 봐라

보고를 들은 칸타레스의 표정이 딱딱하게 굳어졌다. 그 모습을 가만히 지켜보던 아렌트가 쯧 혀를 찼다.

"보아하니 전하께서도 예상 못 하신 것 같네요."

"대신관님과 루미엘 신관님 사이에 의견 충돌이 잦다는 건 알고 있었지만…… 설마 일이 이렇게 될 줄은 몰랐는데."

턱을 매만지는 칸타레스는 정말로 심란해 보였다.

"원래 두 분이 사이가 안 좋아요? 원래 루미엘 신관님이 대신관이 될 뻔했다면서요. 아서 선배한테 들었는데, 그 일 때문인가?"

"그것도 한몫하겠지. 게다가 두 분 성격이 워낙 다르니까 사사건건 부딪힐 수밖에 없지 않을까. 듣자 하니 견습 때부터 함께하셨다던데."

칸타레스가 시선을 아래로 내리깔았다.

"루미엘 신관님은 젊은 시절부터 제법 자유분방하셨다고 들었어. 이곳저곳을 떠돌아다니면서 타국도 제법 자주 방문하셨고…… 테오도르 대신관님은 그것보다는 성전 연구와 수련에 매진하셨다더군."

"아하, 그러면 운영 방식 때문에 의견이 맞지 않을 수도 있겠네요."

"그렇지, 아무래도 이번 일 때문에 크게 다투시기라도 한 것 같은데. 두 분 다 그렇게까지 극단적으로 나오신 걸 보면."

온갖 사람들 앞에서 제 가문까지 저버리며, 황태자에게 충성 서약을 한 게 바로 얼마 전이었다. 그런 아렌트와 루미엘 신관이 따로 만났다는 사실은 벌써 대신관의 귀에 들어갔을 게 뻔했다

루미엘 신관이 아렌트를 이용해 선전 포고를 했다고 봐도 무방한 상황이었다. 그렇지 않아도 황실에 그리 협조적이지 않은 대신관이 어떻게 반응할지는 불 보듯 뻔한 일이고.

칸타레스가 쯧, 혀를 찼다.

"완전히 신관님께 말려들었군. 역시 만만찮은 분이야."

"루미엘 신관님은 제안이라고 하셨지만…… 처음부터

거부권은 없었다는 느낌이네요."

잠깐 뜸을 들이던 아렌트가 살짝 미간을 찌푸렸다.

"별로 내가 좋아하는 상황은 아닌데."

"야, 눈 예쁘게 떠라. 나 지금 좀 소름 돋았으니까."

"내가 뭘 했다고."

질색하는 목소리에 아렌트는 시큰둥하게 대꾸해 주었다.

테오도르 대신관은 소설에서도 그다지 비중이 없던 인물이었다. 전쟁 중에도 후방에서 이리 뛰고 저리 뛰며 분투하던 사람은 루미엘 신관이었다.

하지만 거꾸로 생각하면 루미엘 신관이 그토록 활약할 수 있었던 것은 테오도르 대신관이 묵인해 줬기에 가능한 일이었을 터.

만약 대신관이 적극적으로 반대하고 나섰거나, 자신의 아랫사람인 루미엘 신관이 나서는 것을 달갑잖아 했다면 그마저도 불가능했을 게 뻔했다.

그러니까…… 원래는 두 사람 사이가 이렇게까지 나쁘지는 않았다는 추측이 가능한데.

'내가 개입해서 일이 더 커진 건가?'

이번 회의 결과가 아무래도 둘 사이의 앙금에 기름을 붓고 불까지 질러 버린 모양이었다. 루미엘 신관도 어지간하지 않은 이상 황실을 끌어들이겠다는 생각은 안 했을 텐데.

'상황이 안 좋지만…… 어쩌면 오히려 잘된 일일지도.'

잠깐 고민하던 아렌트가 운을 뗐다.

"간단하게 생각하면 어때요?"

"뭘?"

"지금 전하께서 고민하는 건 그거잖아요. 두 사람 사이에 끼어들어도 되나, 안 되나."

아렌트가 팔짱을 척, 낀 채 시큰둥하게 말을 이었다.

"그렇지."

"일이 이렇게 되었으니 사실 발을 빼는 건 어려울 겁니다. 그럼 어차피 끼어드는 건 기정사실이라 치고, 지금 전하께서 고민하셔야 하는 부분은 이쪽이죠."

삐딱하게 선 아렌트가 손가락 두 개를 세웠다.

"루미엘 신관님이냐, 아니면 대신관님이냐."

"……."

칸타레스가 천천히 눈을 깜빡였다.

"솔직히…… 그렇지."

"테오도르 대신관님의 손을 들어 드리면 상황은 조용히 지나갈 거예요. 아무리 그래도 루미엘 신관님이 대신관님을 상대로 하극상을 벌이지는 않으실 테니까."

칸타레스가 고개를 끄덕였다. 계속하라는 뜻이었다.

"그러면 평화는 유지되겠죠. 하지만 신전 내부의 문제

는 영원히 해결하지 못해요. 솔직히 지금 상황이 바람직하지 못하다는 것은 황태자 전하께서도 잘 아시잖아요."

아렌트는 무표정한 그대로 고개를 살짝 갸웃했다.

"루미엘 신관님의 제안을 받아들인다면, 아마 난리가 날 겁니다. 자칫하다간 황실이 개입한다고 원망을 살 수도 있어요. 우선 테오도르 대신관님의 반발이 크겠죠."

"그렇지."

"대신 그쪽에 고인 문제점을 파악할 수 있겠죠. 그리고 루미엘 신관님이라는 든든한 아군을 얻을 테고요."

물론 그건 일이 잘 풀렸을 때의 이야기였다.

자칫하다간 테오도르 대신관이 황실에 가진 오해가 더 깊어진 채로 관계는 최악까지 치달을지도 몰랐다.

이건 상당한 도박이었다.

하지만.

"문제를 덮어 둔다고 해서 해결되는 건 아니지."

한참 동안 고민에 잠겨 있던 칸타레스가 읊조렸다.

"네 생각은 어때?"

"왜 제 의견을 물으시는지 모르겠지만."

아렌트가 보란 듯이 어깨를 으쓱했다.

"전 언제나 이득이 걸린 쪽을 좀 더 좋아합니다."

"네가 그럼 그렇지."

그제야 굳어 있던 칸타레스의 얼굴에 피식 웃음이 터졌다.

마음을 정한 거였다.

"그러면……."

"그리고 하나 더. 굳이 의견을 구하시기에 덧붙이자면."

하지만 그때, 아렌트가 불경하게도 황태자의 말을 중간에서 끊어 버렸다. 아직 앳된 티가 덜 가신 기사의 입가에 슬쩍 미소가 드리웠다.

"어느 한쪽을 고르는 것보단, 둘 다 손에 쥐는 게 제 취향이에요."

"……."

칸타레스가 멀뚱히 눈을 끔뻑였다.

"솔직히 루미엘 신관님이 짜 둔 판에 말려드는 건 별로 안 내켜요. 물론 신관님과 손을 잡는 건 좋은 일이지만, 대신관님과 사이가 틀어질 테고."

"너, 누구한테 미움받든 말든 별로 신경도 안 쓰잖아."

"그렇긴 하지만."

황태자가 어이없이 중얼거리는 말에 담백하게 대꾸한 아렌트가 어깨를 으쓱했다.

"나머지 반쪽을 놓치는 건 아무래도 아깝잖아요. 기 싸움하는 두 노인 사이에 끼어서 쩔쩔매는 것도 재미없는 일이고."

황당한 노릇이었다.

이 제국에서 황궁만큼 중요하다고 말할 수 있는 곳이 바로 황도에 있는 대신전인데, 그곳의 두 노장을 낚아 올려야 할 대어 취급을 하고 있으니.

"사실 편 가르기로 결판내기에는 너무 거물이잖아요. 두 분 다."

"그건……."

그러면서도 한편으로는 저렇게 상식적인 말을 지껄이니, 쉽게 흘려들을 수도 없었다.

점점 휘말리는 기분을 느끼면서도, 일단 황태자는 고개를 끄덕일 수밖에 없었다.

"그건 그렇지."

"이 상태로 가다간 두 분 관계만 더 나빠질 게 뻔하고, 자칫하다간 루미엘 신관님이 황실을 등에 업고 대신관님께 하극상을 하는 꼴이 될지도 몰라요."

다소 극단적인 예시였지만 역시나 틀린 말은 아니었다.

칸타레스의 미간이 살며시 찌푸려졌다.

"네 말은 알겠는데, 그래서 결론이 뭐야?"

"중요한 건 모양새라는 거죠."

팔짱을 낀 아렌트가 삐딱하게 섰다.

"루미엘 신관님이랑 손을 잡고 동시에 대신관님의 마음까지 얻어야 합니다. 아무래도 지금으로서는 그게 최선인 것 같고."

"말은 쉬운데…… 그게 가능해?"

"안 되면 되게 해야죠."

의구심 가득한 황태자의 물음에 아렌트가 담백하게 대꾸했다.

"일단은 대신관님의 오해를 푸는 게 먼저겠네요. 아무래도 루미엘 신관님이 두 분 사이에 있었던 일을 전부 다 말씀해 주신 건 아닐 테니, 일단은 속사정을 좀 알아야겠어요."

"속사정을 알아서 뭐 어쩔 건데?"

"문제가 있으면 해결하고, 허점이 있으면 파고들어야죠. 모든 일 해결의 기본 아닙니까?"

그 당당한 말에 칸타레스는 잠깐 할 말을 잃어버리고 말았다.

결국, 한참 동안 관자놀이를 꾹꾹 짚으며 침묵하던 황태자는 마음을 정하고 말았다.

"미리 말해 두지만, 그런 식이면 나는 책임 못 져 준다?"

"괜찮아요. 가끔 슬쩍슬쩍 지원이나 해 주시면 됩니다."

아렌트가 씨익, 웃었다.

그 꼴을 보아하니 이미 그의 머릿속에서는 모종의 계획까지 세워진 것 같았다.

저 상태의 아렌트를 말릴 방법은 없었다.

애초에 그럴 의지도 없지만.

"너 알아서 해. 그래도 너무 막 나가지는 마라. 네 선배들 위장에 구멍 뚫리겠다."

"다들 인간 같지도 않게 튼튼하니까 괜찮습니다."

새삼 저놈을 온전히 감당해야 하는 3기사단 인원들이 안타까워지는 순간이었다.

* * *

정원을 쓸던 벤노 신관은 문득 느껴지는 인기척에 고개를 들었다.

익숙한 청년이 신전 정원으로 저벅저벅 걸어오는 것이 보였다. 황실 기사단의 짙푸른 제복과 빛을 머금은 듯한 깨끗한 금발을 어렵잖게 알아본 벤노가 환한 미소를 지었다.

"리히트 경 아니십니까. 오랜만에 뵙습니다."

"벤노 신관님, 그간 잘 지내셨습니까?"

리히트가 어색하게 고개를 꾸벅 숙였다. 하지만 그저 반가움에 휩싸인 벤노는 이상한 점도 알아차리지 못한 채 해맑게 웃을 뿐이었다.

"바쁘시다고 들었지만 한동안 뵙지 못해서 궁금했습니

다. 이제는 조금 일이 정리되신 모양이지요?"

"예에…… 뭐."

순진무구한 신관의 얼굴을 마주 보자니 어쩐지 위장이 쿡쿡 쑤시는 기분이었다.

리히트는 괜히 천천히 한숨을 푹 내쉬었다.

'내가 어쩌다가…….'

누구보다 기사다운 기사는 전날 밤 일을 떠올렸다.

……

…

일과가 끝난 후, 다짜고짜 단장의 집무실로 호출당했다. 영문도 모른 채 가 보니 이미 아서와 라이오스가 그를 기다리고 있었고…….

그들을 불러 모은 아렌트는 곧장 어마어마한 말들을 쏟아 냈다.

"그런 이유로……."

리히트와 아서의 눈에서 영혼이 점차 빠져나갔다. 애써 침착함을 유지하고 있는 라이오스도 심정은 두 부하와 크게 다르지 않았다.

하지만 그러거나 말거나, 아렌트는 그저 당당하기만 했다.

"신전을 좀 헤집어야겠습니다. 협조 좀 해 주시죠."

"……."

"일단 선배가 좀 움직여 주세요."

"거절한다면?"

"제가 나서서 이곳저곳 파헤치는 것보다 낫지 않을까요? 선배 입장에서도요."

"……."

리히트의 주먹이 부들부들 떨리기 시작하자 아서와 라이오스가 안타까운 시선을 보냈다.

저놈은 사람의 약점을 너무 잘 알았다. 사랑하는 신전이 저놈의 진흙발로 짓밟히는 꼴을 볼 바에야, 그냥 끼어드는 쪽이 천 번 만 번 나을 테니까.

결국 리히트가 내어 놓을 수 있는 대답은 딱 하나뿐이었다.

"……알았다."

라고.

……
…

그렇게 다시 시점은 현재.

반쯤 떠밀리다시피 신전에 들어온 리히트는 곧장 아렌

트가 지정해 준 표적, 벤노 신관을 향해 직진할 수밖에 없었다.

리히트는 한참을 망설인 끝에 준비된 대사를 꺼내 들었다.

"루미엘 신관님은 최근 어떻게 지내십니까?"

"신관님이야 평소처럼 바쁘시지요. 얼굴 뵙기도 힘들 지경입니다."

"혹시 무슨 일은 없으십니까?"

"예?"

급한 마음에 앞뒤 잴 것 없이 말이 불쑥 튀어나왔다.

벤노가 눈을 둥그렇게 뜨자 뒤늦게 자신의 실수를 알아차린 리히트가 짧게 헛기침했다.

'자연스럽게, 라고 했던가.'

아렌트가 바로 옆에서 쏟아 내는 잔소리가 들리는 것 같았다.

애써 생각을 비운 리히트는 이번에야말로 준비된 대사를 꺼냈다.

"얼마 전 회의에서 잠깐 뵈었습니다만, 근심이 많아 보이시더군요."

이곳에 오기 전 아렌트가 전수해 준 비법이었다.

"게다가 황태자 전하께서 발표하신 내용도 심상치 않았으니까요. 그렇지 않아도 바쁘신 분인데, 최근 얼굴에 그늘이 진 듯하셔서 괜히 마음이 쓰입니다."

"아……."

신관의 얼굴에 명백한 갈등이 어렸다.

"역시 알아보신 모양이군요."

이게 통한다고?

벤노가 낯빛을 흐리며 대꾸해 오는 말에 오히려 리히트가 당황하고 말았다.

이 반응은 아렌트의 짐작이 맞아떨어졌음을 의미했다. 회의 이외에도 두 사람 사이에 뭔가 사건이 벌어진 것이다.

짧은 침묵 후, 벤노가 크게 한숨을 내쉬었다.

"저희도 참 걱정입니다. 사실 리히트 경께 말씀드릴 이야기는 아니긴 합니다만."

그렇게, 신관의 입은 허무할 정도로 쉽게 열려 버렸다.

* * *

그날 오후.

모두가 일과를 수행하러 나가 한산해진 틈을 타, 다시 세 사람이 라이오스의 집무실에 모여들었다.

찜찜한 낯빛을 한 리히트를 물끄러미 바라보던 아렌트가 씨익 웃으며 질문을 던졌다.

어디 한번 말해 봐라 〈265〉

"보아하니 뭐가 있긴 있었던 모양이죠?"

"……."

침묵은 곧 긍정이었다.

잠시 후, 리히트가 짧게 한숨을 터뜨렸다.

"신전에서는 이미 유명한 이야기더군. 밖으로 퍼지지 않게 쉬쉬했을 뿐이지."

"정말로 문제가 있었다고?"

"예."

확인차 다시 한번 던진 라이오스의 물음에 리히트가 무겁게 고개를 끄덕였다.

"사제 한 명이 갑자기 모습을 감췄다고 합니다. 그런데 아무래도 험한 일에 연루된 것 같다고…… 아마 이게 두 분, 대신관님과 루미엘 신관님이 다투게 된 계기가 된 듯합니다."

사정은 대충 이랬다.

수련 사제들은 각자 속한 신전 기숙사에 머물며 단체 생활을 한다. 그런데 어느 날 수련 사제 한 명이 소리 소문 없이 모습을 감춰 버린 거였다.

"평소에 행동거지가 사제답지는 않았던 모양입니다. 일례로 도박장에 드나들다가 들킨 적이 몇 번 있었다더군요."

그래도 쫓겨나지 않은 건, 도박을 제외하고는 제법 성

실하게 신앙생활을 이어 갔기 때문이었다.

그 이외에는 딱히 문제를 일으키지도 않고 봉사도, 공부도 열심히 하는 모범적인 사람이니 담당 신관도 다소 관대하게 대했던 모양.

"확실히 그 외에는 문제가 없었답니다. 아무런 전조도 없이 사라지기 전까지는요."

사제가 실종된 것은 큰 문제였다. 그간의 일도 있으니 어쩌면 위험한 일에 휘말렸을지도 모를 일이고.

"일단 치안대가 수색했지만, 흔적도 찾지 못했다고 전언을 남겼다고 합니다."

그래서 신관은 자신의 스승이자 대신전의 책임자 중 하나인 루미엘 신관에게 도움을 청했다.

그리고 그 일은 자연스럽게 테오도르 대신관의 귀에도 들어갔다.

"그런데…… 대신관님은 그를 찾을 것도 없이 파문해야 한다고 하셨고, 루미엘 신관님은 나중에 처벌을 내리더라도 일단 찾아야 한다고 주장하셨던 거죠."

"아하, 안 그래도 예민했던 시기였는데, 그게 시작이었군요."

아서가 고개를 주억거렸다.

리히트가 조금 더 의견을 보탰다.

"솔직히 대신관님의 말씀도 이해는 됩니다. 도박장에

드나들던 사제라니…… 신전의 명예에 흠집이 생길 만한 일이긴 합니다."

"도박장이니 어떤 위험한 일에 엮였을지도 모르죠. 만약 그렇다면 자칫 그 지역의 신전 전체가 추문에 휩싸일 수도 있습니다."

아서도 장단을 맞췄다.

슬슬 퍼즐 조각이 맞춰져 갔다.

"한 가지 더 보고드리자면, 루미엘 신관님은 황실에 도움을 청하자고 하셨지만, 대신관님은 결사반대하셨다고 합니다."

"음……."

라이오스가 침음을 흘렸다.

대신관이 그렇게 행동한 까닭도 어느 정도는 짐작할 수 있었다.

"황실이 개입하는 것을 원치 않으셨던 거군."

"하지만 아무리 그래도 그렇지, 조금 너무하신 거 아닙니까? 사람이 실종됐는데……."

"그 사제가 자발적으로 나간 건지, 아니면 정말로 무슨 일이 생겼는지 알 수가 없으니까. 하지만 나도 한 가지 의문인 게."

아서의 말에 대꾸해 준 리히트는 자연스레 아렌트를 향해 시선을 주었다.

"이런 사실이 왜 아직도 신전 밖으로 알려지지 않은 거지? 마음만 먹는다면 이렇게 쉽게 알아낼 수 있는데."

그와 눈을 마주친 아렌트가 어깨를 으쓱했다.

"쉽긴요. 사람이랑 타이밍이 잘 맞아떨어졌으니 가능한 일이지."

"잘 맞아떨어졌다고?"

"갑자기 아서 선배나 라이오스 단장님이 가셔서 똑같은 말을 했다고 한들, 벤노 신관님이 입이나 벙긋하셨겠습니까?"

리히트가 멍하니 눈을 깜빡였다.

"거꾸로, 만약 리히트 선배가 같은 내용을 다른 신관님한테 물었다고 생각해 보시죠. 우리가 원한 대답이 나왔을지."

"그건……."

"틈날 때마다 신전에 드나드는 독실한 리히트 선배가, 수다 떨기 좋아하는 벤노 신관님한테 가서 말을 걸었으니 가능한 일이라고요. 그게 안 통했다면 다른 방법을 썼을 거고."

"……."

"벤노 신관님이 그렇게 맹한 사람이 아니었다면 애초에 선배를 보낼 생각도 안 했을 겁니다. 눈치도, 융통성도 없고 연기도 더럽게 못하는 사람인데."

냅다 쏟아진 폭언들에 리히트가 미처 억울해할 틈도 없이, 아렌트가 먼저 화제를 돌려 버렸다.

"어쨌든 중요한 말은 다 나온 것 같네요. 사제의 행방에 도박장까지."

아렌트는 라이오스를 보았다.

라이오스는 그가 무슨 말을 할지 쉽게 짐작했다.

"사제가 실종된 신전 근처 지역의 도박장들을 조사해야겠군."

"빠르면 빠를수록 좋아요."

"이게 이제 아주 대놓고 단장님을 부려 먹는구나."

아서가 질린 소리를 냈지만 정작 본인인 라이오스는 전혀 개의치 않고 고개를 끄덕였다.

그리고 딱 이틀 후.

칸타레스에게 한 뭉치의 서류 더미와 편지 한 장이 도착했다.

내용물을 확인한 칸타레스의 입가에 회심의 미소가 걸렸다.

"젠."

"네, 전하."

옆에서 다른 서류를 정리하던 제레온이 고개를 들었다. 칸타레스가 씨익, 웃으며 짧게 명령했다.

"서신 하나를 보내야겠어. 비밀리에."

"네, 알겠습니다. 수신인은요?"

"루미엘 신관."

그 한마디만으로 모든 상황을 파악해 낸 제레온 역시 미소 지으며 고개를 숙였다.

답신 역시 채 하루가 지나기도 전, 빠르게 돌아왔다.

그렇게 황태자와 루미엘 신관의 독대 자리가 마련되었다.

* * *

달그락.

찻잔이 접시에 닿으며 작은 소음을 만들어 냈다.

루미엘 신관은 차의 향을 잠깐 음미하다가 제 앞의 청년을 다시 마주 보았다.

편하게 대할 수 있는 상대는 결코 아니었다. 제국을 이끄는 가장 빛나는 별이자 머지않아 이 제국의 주인이 될 사람이니까. 그러니 루미엘 신관은 최선을 다해 예우를 갖추었다.

"이렇게 초대해 주셔서 감사드립니다, 황태자 전하."

"아닙니다. 바쁘실 텐데, 저야말로 흔쾌히 응해 주셔서 감사합니다."

칸타레스 역시 정중하게 대답했다.

상쾌하게 미소 짓는 얼굴이 예의를 잃지 않으면서도 지배자로서의 자신감까지 함께 발산하고 있었다.
"아렌트 경과는 이야기를 잘 나누셨습니까? 그 녀석이 신관님께 버르장머리 없이 굴지는 않았고요?"
"아주 재미있는 분이던걸요. 즐거웠답니다."
곱게 늙은 신관은 작게 웃음을 터뜨렸다.
칸타레스 역시 조용한 미소를 지었다.
"그러셨다면 다행이군요. 놈이 평소답지 않게 체면을 차린 모양입니다. 그렇다면, 바로 본론으로 들어가도 괜찮겠습니까?"
그 은근한 말에 루미엘 신관은 천천히 눈을 감았다가 떴다.
그녀가 초대받은 공간은 오직 황태자만이 쓸 수 있는 서재였고, 이 자리에 있는 건 두 사람과 황태자의 심복인 제레온뿐이었다.
이런 비밀스러운 자리에서 황태자가 꺼낼 이야기는 뻔했다. 아마 조금 전에 언급됐던 그 견습 기사가 던지고 간 제안일 테지.
그녀는 고개를 숙여 사과부터 건넸다.
"무례한 부탁을 드려서 송구합니다, 전하."
"아니요. 아직은 그 이야기를 할 때가 아닌 것 같습니다, 루미엘 신관님."

갑자기 말허리가 잘린 루미엘 신관은 의아하게 눈을 깜빡였다.

제레온이 칸타레스에게 서류철을 건네주었다.

칸타레스가 신관을 향해 정중히 물었다.

"우선 제 이야기부터 들어 주셨으면 합니다만, 괜찮으시겠습니까?"

"네? 네. 그럼요. 얼마든지요."

당황한 와중에도 루미엘 신관은 일단 고개를 끄덕였다.

"간밤, 라이오스 드 윈프리드 단장이 범죄 세력의 꼬리를 잡았다고 합니다. 치안대도 감당하기 힘든 정도의 규모에, 하는 짓들이 아주 악질이라고 하더군요."

"……그런가요? 그거 큰일이군요."

여전히 맥락을 파악하지 못했으면서도, 루미엘 신관은 계속해서 경청했다.

칸타레스의 이야기가 이어졌다.

"치안대도 계속 따돌리면서 거점을 따로 두고 활동하더군요. 불법 용병들의 아지트이기도 하고, 질 나쁜 권력자나 졸부들의 놀이터가 되기도 한답니다."

"그래서 치안대도 함부로 건들지 못하는 거군요."

루미엘 신관이 천천히 고개를 끄덕였다. 황도에 주둔하는 황제 직속 기사단이라면 모를까, 확실히 치안대 정도가 감당하기엔 무리가 있었다.

 그런 얘기를 하는 루미엘 신관은 아직까진 평온한 기색이었고, 칸타레스는 그녀의 안색을 살피며 물음을 던졌다.

 "놈들의 주 수입원이 뭔지 아십니까?"

 "글쎄요."

 "대형 도박장입니다."

 루미엘 신관의 얼굴이 딱딱하게 굳었다.

 칸타레스는 고개를 살짝 기울였다.

 "공교롭게도 루미엘 신관님이 옛날에 잠시 몸담았던 신전 인근에 아지트가 있더군요. 혹시 아십니까?"

 "……."

 신관의 그저 인자하기만 하던 낯에 심란한 빛이 고스란히 드리웠다.

 한참의 뜸 뒤, 신관이 입을 열었다.

 "아지트가 있었나요?"

 "찾지 못하신 것도 이상한 일은 아닙니다. 실종된 데클란 사제가 평소 드나들던 곳은, 놈들이 운영하던 도박장의 작은 지부 같은 곳이었을 테니까요."

 데클란이라는 이름이 황태자의 입에서 나온 순간, 루미엘 신관은 아예 눈을 감아 버렸다.

 "그런 곳은 주기적으로 위치를 옮기면서 단속을 피하

는 법이니까요. 치안대는 좀 더 상위의 정보가 있었을지도 모르지만, 설령 알았다고 해도 신전엔 알리지 않았을 겁니다."

신관들이 어떻게 해 볼 상대가 아니니까.

루미엘 신관은 천천히 눈꺼풀을 들어 올렸다. 노인의 차분한 시선이 칸타레스를 향했다.

"우선은 자초지종을 여쭈어 봐도 괜찮을까요?"

"이렇게 된 게 그리 이상한 일은 아닙니다. 아렌트 경은 심부름꾼이나 전서구 역할을 시키기에는 지나치게 건방진 놈이거든요."

"……."

"신관님께서 좋은 말로 상황을 설명하셨을 때, 그 녀석은 이런 궁리부터 하고 있었다는 겁니다."

할 말을 잃어버린 듯, 멍하니 눈만 깜빡이는 신관을 보며 칸타레스가 쓴 미소를 지었다.

사흘.

아렌트와 만나 이야기를 나눈 건 고작 사흘 전 일이었다.

그 기간 동안 자신이 건넨 제안을 두고 고민 중일 거라고만 여겼지, 설마 뒤에서 이런 움직임을 보일 거라고는 상상조차 하지 못했다.

숨기려 했던 것이 간단하게 까발려졌다. 고작 견습 기

사 하나를 개입시킨 것만으로.

잠깐 아연하게 읊조리던 신관이 이내 헛웃음을 흘렸다.

"제 실수였군요. 제가 아렌트 경을 너무 쉽게 생각한 것 같습니다."

"어쩔 수 없습니다. 이래저래 상상을 초월하는 놈이니까요."

신관에게 짧은 위로를 건넨 칸타레스는 자세를 고쳐 앉았다.

"본론은 지금부터입니다, 신관님. 여기에 데클란 사제가 엮인 그 조직의 정보가 있습니다. 라이오스 단장이 이틀 밤을 꼬박 지새워 모은 것들입니다."

"……."

"지금 이것을 루미엘 신관님께 넘겨드릴 수도 있겠지만, 저는 그러고 싶지 않습니다. 루미엘 신관님이, 신전이 어찌할 수 있는 부분이 아니기 때문입니다."

칸타레스는 손에 든 서류를 보란 듯이 팔랑, 흔들어 보였다.

루미엘 신관이 차분하게 대꾸했다.

"방법은 찾는다면 생기겠지요."

"아실 텐데요. 저도 신자이고, 신전을 폄하하는 건 아니지만, 때로는 무력이 더 필요할 때도 있는 법입니다."

지극히 옳은 말이었다.

루미엘 신관은 대답하지 않았다. 그런 노신관을 물끄러미 보던 황태자가 다시 운을 뗐다.

"황실 기사단을 움직여 그 사제를 찾아 드리겠습니다."

"……예?"

그의 입에서 나온 한마디에 루미엘 신관의 눈이 크게 떠졌다.

황실 기사단을 움직인다고?

고작 사제 한 명의 실종에?

한참 만에 루미엘 신관이 천천히 되물었다.

"……방금, 뭐라고 하셨습니까?"

"황실 기사단을 움직여 드리겠다고 말씀드렸습니다. 신전의 힘만으로는 사제를 되찾기 어려울 테니까요."

"하지만 전하……."

"물론 공식적인 출격은 아닙니다. 대신관님의 눈에 띄면 피차 귀찮아질 테니까요. 하지만 뒤에서 움직이는 건 충분히 가능합니다."

칸타레스가 장난스럽게 덧붙였다.

"대신 신관님은 대신관님과 합의점을 찾아 주시면 감사하겠습니다. 되도록 황실 측을 도울 수 있는 방향으로."

황실 기사단을 움직여 일개 사제 한 명을 구하겠다는, 무시무시한 제안이었다.

루미엘 신관은 제 귀를 의심하며 멍하니 황태자를 보았다. 하지만 칸타레스는 진심처럼 보였다.
 한참 동안 뜸을 들이던 루미엘 신관은 간신히 입을 열었다.
 "왜 그렇게까지……."
 "그만큼 신전의 협력을 원하니까요. 기사단을 움직여서 여러분의 마음을 얻을 수 있다면 싼값입니다."
 칸타레스가 담담하게 대답했다.
 그에 또 잠깐 침묵하던 루미엘 신관이 이내 웃음을 터뜨렸다.
 "대신관님이 아신다면 크게 노하시겠군요. 고작 사제 하나 때문에 이런 엄청난 대화가 오가다니…… 분명 데클란 사제도 반가워하지 않을 겁니다."
 "동감입니다만, 어느 건방진 놈은 생각이 좀 다른 것 같았습니다."
 칸타레스가 입꼬리를 휘어 미소를 지었다.
 "실종된 사람을 찾고, 더러운 수단으로 돈을 버는 놈들에게 철퇴를 내리는 일은 당연한 거라더군요."
 "그건 아렌트 경의 말씀인가요?"
 "네, 물론 들리는 것만큼 인간미 넘치는 뜻은 아닙니다."
 턱을 괸 칸타레스가 투덜거렸다.

"적어도 표면적으로는 거래하는 게 아니라 선의를 주고받는 것으로 해야 한다고, 굳이 길게 편지까지 써서 데클란 사제와 관련된 자세한 정보와 같이 보내 주더군요."

툭.

황태자의 손에 있던 서류들이 테이블 위에 올라갔다.

"받을 건 받고 줄 건 주면서, 이 제안을 '선의'로 치부하는 것까지가 거래라는 겁니다."

이게 바로 아렌트가 중요하다고 말한 '모양새'였다. 좋게 좋게 손을 맞잡고 협력하는 관계.

억지로 끼워 맞춘 거긴 하지만.

그 말뜻을 이해한 루미엘 신관이 쓴웃음을 지었다.

"먼저 선의를 베풀 테니, 인간 된 도리로 받은 만큼 갚으라는 말씀이시군요."

이렇게 폭력적인 것을 선의라고 할 수 있을까?

하지만 달리 표현할 방법이 없다는 것도 사실이었다.

"노인네의 실수를 이런 식으로 지적하다니, 고개를 들 수가 없습니다."

"그렇게까지 깊이 생각하지는 않았을 겁니다. 원체 제 기분대로 사는 녀석이라."

칸타레스가 그렇게 대꾸했지만, 루미엘 신관은 조용히 미소 지을 뿐이었다.

"대신관님을 설득할 수 있도록 노력하겠습니다. 황실

이 이렇게까지 호의를 보였는데 그대로 계실 분은 아니니까요."

"물론 그 사제는 만약 범죄에 손을 댔다면 대가를 치러야 합니다."

"물론입니다, 전하. 그 점은 충분히 각오하고 있습니다. 다만……."

잠깐 뜸을 들이던 신관이 이내 천천히 말을 이었다.

"데클란 사제는 가족도, 일가친척도 없이 신전까지 흘러든 아이였습니다. 스스로의 처지를 비관할 때도 있었지만, 언제나 최선을 다해 살려고 노력했지요."

"……."

"신전은, 저희는 그의 가족이고 보호자입니다. 대신관님은 위치가 위치이신지라 이성적으로 판단을 내리실 수밖에 없으셨겠지만, 저는 그릇이 작은 사람이니까요."

루미엘 신관의 차분한 목소리가 조용한 서재를 메웠다.

"그의 가족이 된 이상 최후까지 생사를 확인하고, 가능하다면 위험한 곳에서 구해 내는 게 해야 할 도리겠지요. 비록 이것이 어리석은 일이라고 해도, 저는 포기하고 싶지 않습니다."

"뭐, 확실히 대신관님과 황제 폐하께서는 동의하지 않으실 거라고는 생각합니다만."

거기까지 말한 칸타레스가 루미엘 신관과 시선을 맞추며 장난스럽게 씨익, 웃었다.
"적어도 저는 그게 어리석은 일이 아니라고 생각합니다."
황태자의 대답에 루미엘 신관의 입가에 흐린 미소가 피어났다.

* * *

그럭저럭 이야기는 잘 풀렸지만, 그렇다고 해서 쉬운 일이라는 건 아니었다. 직접 현장에 나가 뛰어야 하는 이들에겐 이제부터가 진짜 시작이었으니까.
임무가 제법 까다로웠다.
황실이 개입한 것을 다른 사람들이 최대한 알지 못하게 하면서 신전에는 충분히 생색낼 수 있도록 성과를 올리는 것.
그래도 목표가 범죄자의 손에서 사람을 구해 내는 것으로 잡힌 만큼, 라이오스는 그 어느 때보다 진지했다.
"우선은 사제와 다른 피해자들을 확보하는 데에 중점을 둬야겠군."
데클란 사제 이외에도 확인된 실종자들이 다수였다.
그들을 모두 죽이려 끌고 가지는 않았을 테니, 일단 어딘가에 생존해 있다는 확률에 모든 것을 걸어 보기로 했다.

리히트가 고개를 끄덕였다.

"우선 끌려간 사람들의 행방을 알아내는 게 중요하겠지만…… 아무래도 내부 상황을 모르니까 신중하게 움직여야겠군요."

"근처 치안대도 일부 구워삶았을지도 모릅니다."

"치안대의 지원을 받는 것도 어렵겠군."

곁의 아서까지 그렇게 거들자 라이오스가 고개를 끄덕였다.

1, 2기사단의 협력을 받는 것도 사실상 어려운 일이었다. 황도를 완전히 비울 수는 없으니까.

"동원할 수 있는 건 우리 기사단이 전부인가."

전력적으로는 그 정도만으로 충분했다.

3기사단은 신분에 관계없이 실력만으로 입단한 인원이 많다 보니, 다른 두 기사단보다 실력이 출중한 이들이 제법 있었다. 당장 아서만 봐도 그런 경우니까.

누구 말마따나 '이 나라에서 제일 칼싸움 잘하는 사람만 모아 둔 곳'이었다.

"문제는 눈에 띄지 않아야 한다는 점이군."

대신관의 눈까지 완벽하게 속일 수 있을 거라곤 생각하지 않는다. 하지만 적어도 눈 가리고 아웅 정도는 가능할 정도의 은밀함은 필요했다.

후에 문책을 받는다 해도, 우린 그런 적 없다며 핑계라도 댈 수 있어야 했다.
　그렇게만 한다면 나머지는 황태자가 마무리를 해 줄 것이었다.
　아서의 미간이 살며시 찌푸려졌다.
　"솔직히 그게 가능한지는 여전히 의문입니다만."
　"그렇게까지 어려운 일도 아닙니다. 단장님의 말이라면 다들 죽는 시늉이 아니라 짚을 메고 불길에 뛰어들기라도 하는 게 선배들인데."
　그때, 퉁명스러운 목소리가 대화에 불쑥 끼어들었다.
　세 사람의 시선이 순식간에 아렌트에게 쏠렸다.
　"우리 기사단 인원이 그래도 제법 되니까 한꺼번에 나서는 건 당연히 안 될 테고, 적당히 몇 명 추려서 가는 게 낫겠네요. 어차피 용병이든 누가 됐든 다들 쉽게 정리하실 것 아닙니까."
　"그건 그렇지. 하지만……."
　"명분만 제대로 만들면 제3기사단 전체가 한꺼번에 움직여도 상관없어요. 어차피 이 일의 속사정은 아무도 모르는데."
　아서의 말허리를 잘라 버린 아렌트가 슬쩍 라이오스를 보았다.
　눈길을 받은 라이오스가 물었다.

"그 명분이란 건?"

"거창할 게 있나요. 몰래 숨어들어서 사제랑 다른 실종자들의 위치부터 파악하고, 적당히 소란을 피운 뒤 나오는 겁니다. 그러다 한두 대쯤은 맞아 주고."

"맞아 준다고?"

이번에는 리히트가 의아하게 물었다.

"그러면 뒷일은 간단하죠. 감히 우리 애들에게 손댔냐, 하고 기사단을 우르르······."

"야, 야야! 그거 공갈 협박이잖아! 왈패 용병들이나 하는 짓을 하자고?"

"용병이나 기사단이나 어차피 싸움 잘하는 놈 모아 놓은 집단이라는 건 똑같잖아요. 뭐 그리 고상하다고."

"어떻게 같아, 이 새끼야!"

바락바락 악을 써 대기 시작한 아서와 익숙하게 귀를 틀어막고 시큰둥하니 대꾸하는 아렌트를 사이에 두고, 리히트와 라이오스는 가만히 이마를 짚었다.

하지만 아렌트는 꿋꿋했다.

"어쨌든, 유효한 수인 건 확실해요. 사실 댁들이 그렇게 중요하게 여기는 도리에 의리랑 그렇게 다르지도 않고."

"이런 놈이 어쩌다가 기사가 됐지?"

다른 두 사람의 마음까지 듬뿍 담아, 아서가 한탄했다.

그가 더 발악하는 이유는 간단했다. 저 말에 설득력이 있다고 느낀 탓이었다.

망연해진 세 사람을 그냥 내버려 둔 채 아렌트가 팔짱을 척, 끼고 말을 이었다.

"다른 일정으로 우연히 외유에 나섰는데…… 바로 근처에서 폭도들끼리 큰 싸움이 벌어진 겁니다. 그렇다면 당연히 기사단이 개입해야겠죠? 마침 가까이에 있으니까."

"……."

"어라, 그런데 피해자들을 구제하다 보니 이전에 실종된 사제가 그 사이에 끼여 있었던 겁니다. 그렇지 않아도 루미엘 신관님이 크게 걱정하셨는데, 이것 참 다행스러운 일이네요."

고개를 살짝 기울인 견습 기사가 담백하게 덧붙였다.

"눈에 띄어서는 안 된다고 하지만, 굳이 숨어서 움직일 필요도 없어요. 적당한 사유에 적당한 핑계만 있으면 그만입니다."

더 정확히 말하자면 깨끗한 시나리오에 군더더기 없는 연출이 필요한 이유였다.

뭐 씹은 얼굴로 자기를 쳐다보는 세 사람을 시큰둥하게 바라보며, 아렌트가 쐐기를 박았다.

"더 좋은 방법 있으면 말씀해 보시든가요."

"……."

"……."

"……."

거기에 더 할 말이 있을 리 없었다.

세 사람을 닥치게 만든 아렌트가 손가락을 꼽아 보이며 정리했다.

"3기사단 안에서 먼저 움직일 선발대를 뽑고…… 다른 선배들한테도 작전을 알리되, 입단속은 미리 시켜 놔야겠네요. 선발대가 가서 납치된 피해자들의 위치를 먼저 알아낸 뒤, 내부에 싸움을 만들고 튀는 겁니다. 그 뒤에 기사단 본대가 와서 상황을 정리하는 거죠."

견습 기사가 단장을 힐끗 일별했다.

"뭐, 선택은 단장님이 알아서 하시고. 여기까지는 제 의견일 뿐입니다."

"실컷 이야기해 놓고 그렇게 말하면 다가 아니다."

라이오스가 미간을 꾹꾹 눌렀다. 리히트와 아서 역시 착잡한 얼굴이긴 했지만 뭐라 더 말할 의지는 없는 듯했다.

그 모습을 보아하니 아무래도 이견은 없어 보였다.

그날 저녁, 제3기사단 소속 기사들 모두 생활관의 로비에 모였다.

갑작스러운 호출에 술렁이던 것도 잠시, 라이오스가 리

히트와 아서, 그리고 아렌트를 대동해 나타나자 순식간에 고요해졌다.

긴장감 어린 시선들이 라이오스에게 모여들었다.

부하들을 마주 보고 선 단장은 모두가 자신에게 집중했다는 것을 확인한 뒤 입을 열었다.

"비공식적으로 움직여야 할 일이 생겼다."

뚜렷한 목소리가 생활관에 울려 퍼지자 기사들이 눈을 휘둥그레 떴다.

가만히 듣던 아렌트가 황당하게 중얼거렸다.

"저걸 저렇게 말한다고……?"

"돌려 말하는 방법은 모르실 테니까. 다 너 같은 게 아니라고."

아서가 뾰족하게 쏘아붙였다. 그러는 사이 라이오스는 기사들에게 차분히 작전을 설명하기 시작했다.

처음에는 진지하게 듣던 기사들의 얼굴이 차차 당혹감에 물들어 갔다.

그래도 단장은 꿋꿋하게 자신의 뜻을 전달했다.

이윽고 단장까지 입을 다물자 생활관은 싸늘한 침묵에 휩싸였다.

한참의 정적 끝에, 누군가가 질문 하나를 던졌다.

"단장님…… 단장님의 뜻에 반할 생각은 전혀 없습니다만, 혹시 그 작전은 아렌트 놈의 대가리, 아니, 머리에서 나온 겁니까?"

"그렇다."

흔들림 없는 대답에 기사들의 낯빛이 더욱 참혹해졌다.

라이오스의 뜻이니 거기에 반대할 생각은 추호도 없지만, 그렇다고 해서 아렌트가 떠올린 게 뻔한 이 치사하고…… 말하자면 기사답지 않은 작전에 동참하는 것도 한없이 찝찝했다.

부하들을 착잡하게 내려다보던 라이오스는 한숨을 푹 내쉬고, 딱 한마디로 상황을 정리했다.

"더 나은 생각이 있다면 말해 봐. 경청할 테니."

그 뒤로 입을 벙긋하는 사람은 아무도 없었다.

그 말의 출처와 진의, 즉 지금 당장 더 괜찮은 작전을 꺼내지 못할 거면 그냥 닥치라는 뜻을 고스란히 읽어 낸 리히트와 아서만이 심란하게 얼굴을 쓸어내릴 뿐이었다.

* * *

선발대로 추려진 인원은 아렌트와 아서, 리히트를 포함한 여덟 명이었다. 흔한 용병단으로 꾸미기 딱 알맞은 숫자였다.

출발하기로 한 저녁 시간.

외출했다가 돌아온 아서와 아렌트가 한가득 들고 온 짐을 풀어놓았다. 의문 가득한 시선을 보내는 선배들에게 아렌트가 언제나 그러했듯 한마디 던졌다.

"제복 벗고 이걸로 갈아입어요."

"이걸? 왜?"

"선배들은 지금부터 기사단이 아니라 용병인 겁니다. 뼈에 잘 새겨 두세요."

두 사람이 풀어놓은 짐은 어디 용병들이나 입을 만한 옷과 방어구였다.

함께 가게 된 라이더가 질린 얼굴로 가죽 혁대를 들어 올렸다.

"이런 건 또 어디서 구해 온 거야?"

"검도 이쪽으로 바꿔 드셔야 합니다."

어디선가 커다란 자루를 끌고 온 아서의 말이었다. 장식이라고는 코빼기도 찾아볼 수 없는 투박한 검이며 무기 따위가 가득 들어 있었다.

모두의 낯빛이 좀 더 흐려졌다.

"마음 같아선 쓰던 걸 가져오고 싶었지만……."

"제가 말렸습니다. 전부 다 새로 구매한 거니까 걱정 마십쇼."

아렌트가 아쉽다는 듯 중얼거리는 말에 아서가 냉큼 덧붙였다.

아서를 향해 기특하다는 시선이 쏟아졌다. 까닥했다간 얼굴도 모르는 용병들의 땀내 나는 갑주를 걸칠 뻔했으니까.

"단장님 명이니까 그러려니 하겠다만…… 이렇게까지 해야 하는 거냐?"

"역시 새걸로는 아쉬우십니까?"

"휴우, 말을 말자."

한숨을 푹 내쉰 기사들이 주섬주섬 환복하기 시작했다.

리히트 역시 옷 하나를 집어 들고 갈아입으려는 찰나, 아렌트가 그를 붙잡았다.

"선배랑 저는 이쪽입니다."

"뭐?"

아렌트가 건넨 것은 귀족가 자제들이나 입을 법한 사치스러운 의상이었다.

리히트가 떨떠름하게 물었다.

"어째서?"

"뭐야, 왜 사람 차별하냐? 리히트 선배님이야 그렇다 치고, 너는 왜?"

"귀족이라 이런 건 못 입겠다, 이거냐?"

똑같은 의문을 품은 불만이 여기저기서 터져 나왔다.

아렌트는 무심하게 선배들을 돌아보았다.

"진짜 이유를 알고 싶으십니까?"

"당연하지."

쏟아진 야유에 아렌트는 쯧, 혀를 차고는 리히트를 제 옆으로 끌어당겼다.

"얼굴."

"……?"

"이 반질반질한 얼굴에 용병이 어울린다고 생각하십니까?"

"……."

차마 반박할 수 없었다.

입을 꾹 다문 기사들은 서로를 돌아보았다. 그러고 보니 아서를 제외하고는 기사단에서 제일 우락부락하고 험악하게 생긴 이들만 모여 있었다.

그러는 와중에도 아서는 주섬주섬 옷을 갈아입는 중이었다. 마치 아렌트의 입에서 무슨 말이 나올 건지 익히 예상했다는 듯, 혹은 저 대화에 끼기 싫다는 것처럼.

기사들은 그를 본받아 그냥 닥치기로 했다.

캐스팅부터 의상이며 소품까지 직접 고른 아렌트의 안목은 정확했다. 제복과 예복만 번갈아 입은 지 한세월이던 일행은 조금의 어색함도 없는 한 무리의 용병단으로 탈바꿈했다.

따로 옷을 갈아입고 나온 리히트와 아렌트 역시 한 사람의 귀공자로 변모해 있었다.

준비가 끝난 뒤, 마지막으로 확인하러 온 라이오스는

그 모습들에 잠깐 할 말을 잃은 듯했다.

"그…… 잘 어울리는군."

기뻐해야 할지 말아야 할지 모를 감탄사에 용병이 된 기사들은 어깨를 조금 늘어뜨렸다.

괜히 헛기침을 터뜨린 라이오스가 운을 뗐다.

"치안대 정보부 소속 인원에게는 미리 언질을 넣어 두었으니 근처에서 합류할 수 있을 거다. 그의 안내를 받아 본거지까지 가면 된다."

"예!"

언제 흐트러졌냐는 듯 단정한 대답이 돌아왔다.

"목적지까지는 3일 정도 걸린다. 우리는 훈련 명목으로 내일 출발해 인근 숲에서 대기할 예정이다. 때가 되었을 때 신호를 보내라. 곧장 합류할 테니까."

라이오스는 가지고 온 통신용 수정구를 리히트에게 건네주고 덧붙였다.

"목적은 실종자들의 행방을 알아내는 거다. 그것만 달성되면 적당히 소란을 일으키고 빠져나와서 우리와 합류해라. 그리고."

끝나나 싶던 이야기가 다시 이어지자 기사들이 단장에게 의아한 시선을 보냈다.

라이오스는 그 어느 때보다 진지했다.

"저놈이 사고 치지 못하도록 해."

진심이 듬뿍 담긴 지시에 기사들은 잠깐 할 말을 잃어버리고 말았다.

 하지만 그것도 잠시, 일행의 눈빛이 모두 결의에 가득 찼다.

 "예, 알겠습니다!"

 "맡겨만 주십쇼, 단장님!"

 한쪽에서 리히트와 아서가 먼 산을 보고 있다는 것도 알지 못하는 채로.

 "말린다고 말려지면 이 고생도 안 하지."

 "제 말이요."

 두 사람의 시선이 아렌트에게로 옮겨졌다.

 하지만 장본인은 변명하거나 불만을 터뜨릴 의사도 없는지 시큰둥하니 서 있을 뿐이었다. 저런 꼴이 더 얄미운 까닭은 어째서인지.

 한쪽에서는 용병 꼴을 한 기사들이 여전히 의욕을 불태우고 있었다. 아서는 그들에게 한마디 조언해 줄까 하다가 그만두었다.

 곧 현실을 깨닫게 될 테니까.

 * * *

 심야.

로브를 뒤집어쓴 한 무리가 조용히 황궁을 빠져나갔다.

황궁은 밤에도 잠들지 않는 법이라지만, 작정하고 기척을 숨긴 기사들을 포착할 수 있는 사람은 아무도 없었다.

무사히 황궁에서 나가는 데 성공한 그들은 상점이며 여관이 모인 번화가와는 반대쪽으로 걸음을 옮겼다.

앞을 밝히는 것은 달빛뿐.

그마저도 구름에 가려졌으니, 어둠에 몸을 숨긴 이들에게는 다행스러운 일이었다.

성문 밖에 미리 숨겨 둔 말을 찾아낸 그들은, 완전히 인기척이 느껴지지 않을 때쯤에야 말에 올라 본격적으로 달리기 시작했다.

일행 중 하나가 머리에 뒤집어썼던 로브를 훌렁 벗고는 탄식을 터뜨렸다.

글렌이었다.

"숨 막혀 죽는 줄 알았네. 나쁜 짓 하는 것도 아닌데 왜 우리가 이 고생을 해야 하는 거야?"

"원래 대업을 이루려면 작은 불편함은 감소해야 하는 법이다."

"그건 저도 압니다만, 이건 상식선의 고생이 아니잖습니까."

리히트의 말에 라이더가 구시렁대며 아렌트를 흘겨보

앉았다.

"이게 다 저 자식 때문이잖습니까."

"불만 있으면 다른 의견을 내 보라고 분명히 말씀드렸을 텐데요?"

하지만 그런 비난에도 아렌트는 심드렁하니 대꾸할 뿐이었다.

리히트가 나서 그들의 불만을 일축했다.

"쓸데없는 소리 하지 말고, 출발한다. 하루 종일 달려야 모레 밤에 도착할 수 있을 거야."

일행은 툴툴대면서도 말을 달려 순조롭게 나아가기 시작했다.

깊은 어둠도, 황야의 장애물도 그들의 앞을 막을 수는 없었다. 반짝이는 별빛과 어슴푸레한 달을 길잡이 삼아 부지런히 길을 재촉했다.

달리는 데만 집중하던 라이더는 아렌트 쪽을 곁눈질했다.

용병단에게 호위받는 도련님이란 설정에 알맞게, 아렌트와 리히트는 일행의 가운데에서 나란히 말을 달리고 있었다.

아무리 해도 찜찜함을 털어 낼 수가 없었다.

도대체 어쩌다가 일이 이렇게 된 건지. 얼떨결에 휩쓸리긴 했지만 아직도 뭐가 어떻게 돌아가고 있는지 이해할 수 없었다.

일단 이만한 인원이 저 건방지기 짝이 없는 견습 기사의 의지대로 움직이고 있다는 것부터가 상식 밖의 일이었으니까.

"어처구니없지 않습니까?"

"뭐?"

그때, 칼바람 사이로 불쑥 튀어나온 아서의 목소리가 라이더를 상념에서 깨웠다.

"선배를 개 콧구멍으로 아는 저놈이 단장님이며 황태자 전하까지 쉽게 설득해 내는 거요."

"어? 어어, 뭐……."

곧이곧대로 인정하는 것도 민망해, 라이더는 대강 얼버무렸다. 말이 빠르게 달리며 세차게 부는 맞바람 사이로 아서의 투덜거림이 들려왔다.

"아마 선배들도 곧 알게 되실 겁니다. 저놈이 얼마나 황당한 자식인지."

"그건 이미 차고 넘치도록 느끼는 중인데. 열받는다고 제 가문이랑 절연해 버리는 놈이 어디에 있냐?"

최근 아렌트가 없는 자리에서 기사단원들끼리 가장 많이 수군대는 게 바로, 에크하르트 백작가 이야기였다.

천하의 에크하르트 백작이 닭 쫓던 개 꼴이 되어서 터덜터덜 영지로 돌아가는 것을 그 자리에 있던 모두가 확인했으니까.

따지자면 더 큰 손해를 입은 건 아렌트였다. 하지만 그들의 눈에는 오히려 장남을 대동하고 돌아가는 에크하르트 백작의 뒷모습이 더 초라해 보였으니 참 이상한 일이었다.

"그건 새 발의 피예요. 감당 못 할 정도로 막 나가기만 하는 놈이었다면 차라리 다행이죠."

"……?"

라이더가 인상을 찌푸리며 아서를 힐끗 보았다.

아서는 입을 비죽거리며 정말 질린다는 듯이 툭 내뱉었다.

"그 정도는 진짜 아무것도 아닙니다. 다들 각오하시는 게 좋을걸요. 저거, 아주 정신 나간 녀석이니까."

"……."

대화가 거기에서 끊어지고, 라이더는 조금 묘한 기분이 되고 말았다.

마지막 한마디를 덧붙이는 아서는 분명 미간을 구긴 채였지만, 어째서인지 그리 기분이 나빠 보이지는 않은 탓이었다.

라이더는 방금 아서의 얼굴에 스쳐 지나간 표정을 읽어보려 잠깐 애썼다.

그러니까, 그건…….

'……기대감인가?'

하지만 그걸 읽어 내 봤자 여전히 아리송한 건 마찬가지였다. 물론 아렌트가 범상치 않은 놈이라는 건 모두 체감하고 있었지만.

라이더는 곧 상념을 털어 내 버렸다.

머리가 좀 잘 돌아간다고 한들, 어차피 아렌트는 그저 건방진 견습 기사일 뿐이니까.

'최근 몇 번 공을 세웠다고 기고만장해 있긴 하지.'

언젠가는 버릇을 단단히 고쳐 주겠다고, 라이더는 굳게 결심했다. 그게 얼마나 큰 오판인지 미처 모른 채로.

* * *

부지런히 길을 재촉한 그들은 하루를 꼬박 달리고 다시 해가 저물 때쯤 작은 마을 어귀에 다다를 수 있었다.

다음 영지로 향하는 길목에 위치한, 여행자들을 대상으로 먹고사는 마을이었다.

리히트가 일행을 멈춰 세웠다.

"오늘 밤은 저기서 머무는 게 좋겠군."

밤이슬을 맞는다고 눈 하나 깜빡할 이들은 아니었지만, 억지로 무리할 필요는 없었다. 그렇지 않아도 다들 하루 종일 말 위에서 육포만 씹느라 제대로 된 식사도 하지 못한 상태였으니까.

그들은 문지기도 제대로 없는 입구를 지나 천천히 말을 몰았다.

길에는 사람이 북적였다. 머물 곳을 찾아든 여행자들과 상점이며 식당에서 호객하는 상인들이 뒤섞인 탓이었다.

그 속에 섞여 든 일행을 눈여겨보는 사람은 없었다. 눈에 띄는 외모인 아렌트와 리히트를 잠깐씩 힐끗대는 사람은 있었지만 단지 그뿐이었다.

"이런 감각은 좀 오랜만인데."

"그러게요."

글렌이 작게 중얼거리는 말에 라이더가 맞장구쳤다.

황실 기사단 제복을 알아보지 못하는 사람은 없었다. 그건 황궁이나 황도를 벗어나도 마찬가지였다.

늘 어깨를 쫙 편 채 위풍당당하게 입성하던 게 익숙해진 나머지 사람들 사이에 섞이는 게 오히려 어색할 지경이었다.

그때, 아렌트가 불쑥 내뱉었다.

"촌놈 티 내지 마라. 데리고 다니기 부끄러우니까."

"뭐?"

순간 황당함에 가득 찬 선배들의 시선이 그에게 쏟아졌다. 하지만 아렌트는 그저 뻔뻔하게 고개를 쳐들고 있을 뿐이었다.

건방진 표정을 마주한 일행의 표정이 순식간에 일그러졌다.

누군가가 한마디 쏘아붙이려는 순간, 아서가 먼저 선수를 쳤다.

"죄송합니다, 도련님. 저희도 이런 장거리 여정은 오랜만이라서요."

약간 어색하지만, 그럭저럭 합격점을 줄 만한 대사였다. 거기에 아렌트가 다시 덧붙였다.

"갈 길이 아직 머니까 한눈팔지 마라. 형님, 오늘은 여기에서 묵었다가 가야 할 것 같습니다. 괜찮으십니까?"

"어, 어?"

멍하니 있던 리히트가 얼떨결에 고개를 끄덕였다.

뜬금없이 시작된 상황극에 리히트와 아서까지 편승하자 이러지도 저러지도 못한 채, 기사들은 서로의 눈치를 살필 뿐이었다.

상황 파악을 못 한 그들을 구원해 준 사람은 아렌트보다는 좀 더 선배들을 챙길 줄 아는 아서였다.

일행과 눈을 마주친 그는 다른 사람이 듣지 못하도록, 입술만을 달싹였다.

'다른 용병단이 이쪽을 쳐다보고 있습니다.'

등줄기가 오싹해지는 한마디였다.

* * *

  식당 하나를 정해 들어가서 앉을 때까지 아무도 입도 뻥긋하지 않았다. 단지 아렌트와 아서가 주거니 받거니 하며 쓸데없는 대화를 나눴을 뿐이었다.
  "도련님, 이런 누추한 곳에 모실 수밖에 없어서 죄송합니다."
  "상관없다고 했잖아. 다 각오하고 떠난 여행길이라고."
  물론 극진한 용병과 싸가지 없는 도련님이라는 설정은 계속 유지한 채로.
  반면에 다른 일행은 입을 꾹 다문 채 바닥과 눈싸움을 벌일 뿐이었다.
  한 번 의식하기 시작하니, 어째서 처음부터 눈치채지 못한 건지 이해가 안 될 정도로 숱한 시선이 느껴졌다. 쓸데없이 예민한 감각에 걸려드는 그 눈길들은 기사들을 당황하게 했다.
  "뭐냐, 도대체. 뭐가 문젠데?"
  "용병들도 안목이라는 게 있습니다. 적지 않은 인원이 전부 다 새 물건을 걸치고 나타났으니 힐끔대는 겁니다."
  잠깐 틈을 타 잔뜩 목소리를 죽인 라이더가 속닥대자 아서가 잽싸게 대답해 주었다.

"그게 왜?"

"저놈들 눈에는 고용주가 무기부터 갑주까지 싹 다 새로 맞춰 준 걸로 보이겠죠. 그러니 일감을 낚아채고 싶은 겁니다. 돈 많은 고용주를 모시는 건 모든 용병이 바라는 일이니까요."

그나마 용병단의 생리에 밝은 아서가 그렇게 설명해 주었다. 어조에 묻어나는 한심하다는 기색은 전혀 숨기지 못한 채였다.

그런 불손한 태도에도 기사들은 아서에게 타박하는 말 한마디조차 제대로 건네지 못했다. 아렌트 역시 그들에게만 들리도록 빈정거렸다.

"보아하니 황궁에서 좋은 물이 제대로 드신 모양이죠. 이야…… 우리 기사단은 태반이 평민 출신이라고 아는데, 바깥 생활이 그렇게 쉽게 잊히는 거였습니까?"

"너한테 듣고 싶지는 않다, 빌어먹을 도련님아."

글렌이 작게 으르렁거렸다. 하지만 아렌트는 그를 차갑게 일별하며 얄밉게 쏘아붙일 뿐이었다.

"용병이면 용병답게 굴어. 건방지긴."

"……."

부들부들.

테이블 위에 올라간 글렌의 주먹이 떨리기 시작했다. 한 대 치고 싶다는 마음이야 굴뚝같았지만 보는 눈이 너무 많았다.

리히트의 안타깝다는 시선을 한 몸에 받으며 글렌은 애꿎은 물만 벌컥벌컥 들이켰다.

곧이어 주문한 식사가 나왔다.

기사들은 그것을 보고 또 한 번 당황할 수밖에 없었다.

척 봐도 묵직해 보이는 접시 위에 고기가 산더미처럼 쌓여 있고, 아이 상체만 한 술잔이 한 사람 앞에 하나씩 놓인 것이다.

음식을 날라 준 종업원은 인사도 없이 몸을 휙 돌려 떠나 버리고, 그 자리에는 부담스러울 정도로 양 많고 투박한 고기의 산과 탄산이 부글부글 끓어오르는 술잔만 남았다.

라이더가 아득하니 중얼거렸다.

"뭔데. 뭘 주문한 건데."

"이런 곳에서는 괜히 고급스러운 요리를 부탁하는 것도 부자연스럽습니다. 그냥 인원수대로 적당히 내오라고 했어요. 아마 멧돼지 고기일걸요?"

아서의 대답이었다.

역시나 라이오스의 신임을 한 몸에 받으며 온갖 궂은일을 다 해내던 그다운 처세술이었다.

힐끗 주변을 둘러보니, 술을 입에 들이붓거나 한 손으로 뼈를 잡은 채 고기를 우걱우걱 뜯는 용병들이 가게를 한가득 채우고 있었다.

일행은 단념하고 식사에 집중할 수밖에 없었다.

하지만 계속 뒤통수가 당기는 건 어쩔 수 없었다.

고기를 몇 번 포크로 찔러 보던 리히트가 목소리를 낮춰 속삭였다.

"……계속 시선이 따라붙는군."

"아까 식당 밖에서부터 쳐다보던 놈들 같습니다."

글렌 역시 거북하게 중얼거렸다.

차라리 보이지 않는 적에게 받는 살기가 더 나을 것 같았다. 그건 곧장 전투태세라도 취할 수 있으니까.

하지만 이건 뭐 어쩔 수도 없었다. 많은 사람이 지켜보는 가운데 정체를 들키지 않으려니 숨조차 쉴 수 없는 기분이었다.

그래서…….

모르는 척이 상책이다.

그렇게 결론을 내린 기사들은 고기에 고개를 처박고 우걱우걱 식사에만 몰두하기 시작했다.

빌어먹을 놈 하나가 돌발 행동을 하기 전까진.

쾅!

아렌트가 갑자기 포크를 테이블 위에 던지듯 내려놓았다.

"예의도 모르고 힐끔대기나 하다니. 불쾌해서 식사도

제대로 못 하겠군."

"……."

소리 없이 경악한 기사들이 소스라치며 아렌트를 보았다.

저 미친 새끼가 지금 무슨 짓을 하는 거야?

바로 그때.

덜컹.

바로 뒷자리에 앉아 있던 용병들이 의자를 밀치고 몸을 일으켰다. 마치 기다렸다는 듯 덩치 큰 용병들이 우르르 몰려와 그들이 앉은 테이블을 둘러쌌다.

우두머리로 보이는 덩치가 성큼 아렌트에게 가까이 다가가 씨익, 이를 드러내며 미소 지었다.

"도련님 말버릇이 제법 험하신데."

망했다.

참담한 심정이 되어 기사들은 저마다 이마를 짚었다.

주변에서 웅성대는 소리가 들려왔다.

"뭐야, 싸움인가?"

"에이 씨, 밥 먹는데."

짜증스럽게 투덜거리면서도 지금 상황이 제법 흥미진진한지 조금씩 구경꾼이 모여들기 시작했다.

아렌트는 의자에 비스듬히 앉은 채 용병 대장과 눈을 맞췄다.

"왜. 말버릇 나쁜 도련님 처음 보나? 그러는 그쪽은 부하들 눈알 간수나 좀 잘하든가. 아까부터 뭐 하는 짓이야?"

예쁜 주둥이에서 쏟아지는 예쁘지 않은 말들에 정신이 혼미해질 지경이었다. 용병 대장 역시 어처구니가 없는지 헛웃음을 터뜨렸다.

"처음 보는 면상들이길래 좀 지켜봤지. 보아하니 인상들이 멍청한 게 별것도 아닌 놈들 같은데. 어떠쇼? 그냥 우리 쪽으로 오는 건. 마침 일도 없어서 한가한 상태거든."

"꽤 자신만만한데? 그러면 그쪽은 별거 있고?"

"아직 어린 도련님이 물정을 잘 모르는 모양이군. 어중이떠중이보다는 내 부하들이 훨씬 더 쓸모 있을걸? 봐."

남자가 피식 웃음을 터뜨리며 일행을 향해 고갯짓했다.

"자기가 모시는 고용주가 처음 보는 놈이랑 지껄이고 있어도 꼼짝도 안 하잖아."

그제야 기사들은 제 실수를 알아차렸다. 애초에 저놈들이 말을 걸어왔을 때부터 자리에서 벌떡 일어나 저 빌어먹을 놈을 보호하는 시늉이라도 해야 했는데.

아렌트가 짜증스럽게 어깨를 으쓱했다.

"쯧, 그렇지 않아도 후회 중이야. 영 쓸모없는 것들을 고용한 것 같아서."

"그렇지?"

용병 대장이 다시금 이를 씨익, 드러내며 사나운 미소를 만들어 냈다. 포위하듯 테이블을 둘러싼 그의 부하들 역시 키득키득 노골적인 비웃음을 터뜨렸다.

점점 커지던 웃음소리는 어느새 식당 전체로 번졌다.

"으하하! 어쩐지 촌뜨기처럼 보이더라니!"

"번듯하게 갖춰 입고 들떴을 텐데, 이거 안됐군."

숱한 조롱이 일행을 향해 쏟아졌다.

하지만 기사들은 입을 꾹 다문 채 아무런 대꾸도 하지 않았다. 아렌트 또한 눈 하나 깜짝하지 않은 채 상대방의 머릿수를 세기 시작했다.

"어디 보자…… 총 열다섯 명인가? 머릿수가 좀 되는데."

"얼간이들이지만 싸움 하나만큼은 확실하지. 물론, 싼값은 아니다."

용병 대장이 그렇게 말하며 은근히 제 얼굴의 흉터를 내보였다.

아렌트는 피식 입꼬리를 올렸다.

"그러면 내가 제안 하나 하지."

"제안?"

"아무리 그래도 지금까지 여정을 함께한 의리가 있지,

저치들을 단칼에 내칠 수도 없는 노릇이라서. 계약을 일방적으로 파기했다고 나중에 나한테 무슨 해코지를 할지도 모르잖아?"

도련님에 완벽히 빙의한 아렌트가, 여전히 테이블에 못 박힌 듯 앉아 굳은 채인 제 선배들 쪽을 고갯짓했다.

"아까 보니까 여기 여관에 뒷마당이 있던데, 거기에서 한판 붙어 보는 건 어때?"

용병 대장의 눈에 이채가 돌았다.

"붙으라고?"

"보아하니 실력에 제법 자신이 있는 모양이니까, 잠깐 여흥 삼아. 이기는 쪽에는 내가 돈도 두둑이 쥐여 주고, 목적지까지의 호위도 맡기지. 어때?"

"하지만 우리 쪽이 숫자가 많은데. 그쪽이 불리하지 않겠나?"

"알 게 뭐야. 그건 싸우는 놈들 사정이고."

"으하하하! 이 도련님, 제법 놀아 본 모양이군."

쩌렁쩌렁한 웃음소리가 폭발했다.

한참을 웃어 젖히던 용병 대장이 뒤로 한 걸음 물러섰다.

"그 제안 받아들이지. 어이, 거기. 겁나면 도망쳐도 좋다만, 어찌할 테냐?"

"……."

대답 대신, 기사들은 슬그머니 자리에서 몸을 일으켰다. 그러자 용병 대장은 만족스럽게 고개를 끄덕였다.

"보기보다 강단은 있는 모양이군."

리히트는 골치가 아프다는 듯이 관자놀이를 짚은 채 고개를 절레절레 내저었고, 슬쩍 눈치를 보던 아서는 슬그머니 다시 자리에 앉았다.

"오, 돈이라도 걸어 볼까?"

"이거 뜻밖에 구경거리가 생겼군."

시비를 걸어온 용병들을 필두로 기사들 몇몇과 사람들이 우르르 자리에서 빠져나가고 순식간에 식당이 텅 비었다.

주변이 조용해지자 아렌트는 그새 조금 식은 고기를 뜯어 입안에 넣고 우물댔다. 이 일련의 사태는 자신과 전혀 상관없다는 듯이.

아서와 리히트는 착잡한 시선을 교환했다.

어차피 이 싸움의 결과는 정해져 있는 것과 마찬가지였다.

잠깐 기다리자, 쿠우웅! 무언가가 외벽에 부딪치기라도 했는지 식당 건물이 크게 울렸다.

뒤이어 바깥에서 누군가의 처절한 비명이 아스라이 울려 퍼졌다. 으아아악, 살려 줘! 잘못했어! 꺄아악! 형님! 죄송합니다!

리히트가 멍하니 천장을 보고 아서가 말없이 고기를 씹던 와중, 소란이 잠잠해지기까지는 얼마 걸리지 않았다.
벌컥!
닫혔던 문이 다시 열리고, 용병 옷차림의 기사들이 다시 우르르 자신의 자리로 돌아왔다.
주먹에 묻은 피를 식탁보에 슥슥 닦은 그들은, 아까 용병들이 그랬듯이 맨손으로 뼈를 잡고 고기를 우적우적 뜯기 시작했다.
함께 나갔던 구경꾼들도 조용히 돌아와 다시 제자리를 찾아 앉았다. 그러고는 찍소리도 하지 않은 채 조용히 식사에 몰두하기만 했다.
식당 뒷마당에는 처참한 꼴이 된 용병들이 눈을 까뒤집은 채 부러진 나무토막처럼 아무렇게나 굴러다녔다.
이런 마을에서 용병들끼리 벌이는 패싸움이야 흔한 일이었다.
강한 사람이 약한 사람을 두들겨 패는 것도 당연한 거니, 이번 일은 마을 안에서나 몇 마디 회자되고 말 사소한 사건이었다.
딴에는 이름이 좀 있다고 어깨를 쫙 펴고 다니다, 고작 자기들 반도 안 되는 이들에게 일방적으로 두들겨 맞은 이름 모를 용병단에게는 천재지변이겠지만.
그리고 뭔가를 잃어버린 것은 아무래도 용병들뿐만이

아닌 모양이었다.

 한바탕 날뛰고 온 기사들은 복잡한 상념에 잠기고 말았다.

 아렌트에게 휘둘려 사사롭게 주먹질을 해 버렸다는 사실 그 자체에서 오는 자괴감이 반, 그런 과정에서 숨어 있던 사고뭉치 본능을 발견해 버린 자신에 대한 실망이 또 절반쯤이었다.

 선배들의 심란한 마음을 어떻게 다 헤아리겠느냐만, 아서는 단지 조금 걱정될 뿐이었다.

 이런 식으로 자꾸 한 명 두 명 아렌트에게 물들어 가다 보면, 언젠가 이 기사단에 정상인이라는 종자는 찾아보지 못하게 될까 봐.

 라이오스 단장의 위장에 구멍이 뚫릴 날도 얼마 남지 않은 것 같았다.

 냠냠, 질긴 고기를 씹던 아렌트가 시큰둥하게 한마디 했다.

 "그러게, 별거 아니라니까."
 "알아들었으니 그냥 밥이나 처먹어라."
 글렌이 사납게 이를 갈아붙였다.

 이론도 중요하지만, 때로는 실전만큼 좋은 게 없었다.

 어설픈 연기 초보들을 배려해 즉석에서 꾸며 낸 작은 무대는 충분히 효과적이었다. 사고 치지 말라는 라이오스의 명령 아닌 부탁은 이행하지 못하게 됐지만 뭐……
그건 알 바 아니고.

　아렌트는 피식 웃으며 고기 한 점을 더 입안에 넣었다.

　　　　　　　(배신 기사의 유쾌한 신의 4권에서 계속)